HISTOIRE

DE

Ma Vie

Une Page de Politique

Pierre PRIOU

de la Commune de Civray
Canton de Biéré
(INDRE-ET-LOIRE

PARIS

IMPRIMERIE JULES PILLU

39 — Rue des Gravilliers — 39

1897

PORTRAIT DE L'AUTEUR

AU CITOYEN PRIOU
Hommage
d'estime et de sympathie

———

Citoyen Priou,

Le Maire, l'Adjoint, les conseillers municipaux de la commune de Civray-sur-Cher, réunis hors séance, sont heureux de vous adresser un témoignage d'estime et de sympathie, dans les circonstances douloureuses que vous traversez.

C'est avec un profond regret qu'ils vous ont vu quitter la commune où vous aviez su acquérir l'estime de tous les gens d'honneur par votre vie, toute de travail et de probité, par vos sentiments sincèrement républicains.

Ils ne peuvent se rappeler sans émotion les tribulations qui vous ont assailli de la part de ceux qui auraient dû vous entourer de tendresse, et qui, au contraire, se sont servi des liens du sang pour mieux vous accabler.

Il faut, citoyen, pour instruire nos contemporains, que vous écriviez l'histoire de votre vie, afin qu'on sache qu'à Civray il s'est rencontré des êtres assez pervers pour persécuter un honnête homme, un fils respectueux, un père trop libéral et trop bon.

Nous serons heureux de placer ces mémoires locaux dans nos archives.

Mettez-vous donc à l'œuvre, cher citoyen, et comptez sur nos sympathies pour aider au succès de vos mémoires.

Le Maire   *L'Adjoint*

J. DESCHAMPS   BOISTARD

Les conseillers municipaux :

C. FILLION

HÉRISSON

BESNARD

BOISTARD SILVAIN

GIRARD

E. MOREAU

LHERMITE

GERBIER

AVENET

BÉRY

Préface

Je crois, dans l'intérêt de ceux qui me liront, devoir céder aux instances de mes amis, de M. le Maire, de M. l'Adjoint, de MM. les conseillers municipaux de la commune de Civray-sur-Cher.

J'écris l'histoire de ma vie que je fais suivre de considérations sur la politique depuis 1789 jusqu'à nos jours.

Ces mémoires seront donc divisés en deux parties.

Au sujet de l'histoire de ma vie, je suis dans le plus mortel des embarras. J'aurais voulu faire l'éloge de tous les membres de ma famille, de ce père surtout duquel je tiens la vie. Je ne le puis; ce serait mentir à la vérité.

Oh! que le lecteur ne voit pas, dans les lignes qui vont suivre, un sentiment de vengeance de ma part. Non, j'ai tout pardonné, malgré les effroyables tribulations que j'ai dû subir et la profonde misère dans laquelle je suis plongé. Mais si j'ai pardonné je n'ai pas oublié, je ne puis

oublier, et, si j'écris aujourd'hui, c'est pour instruire nos enfants et nos petits enfants ; c'est
pour montrer jusqu'à quel point peut aller l'aveu-
glement dans nos communes rurales ; c'est pour
flétrir non des personnes mais des actes odieux et
inqualifiables.

Le public jugera les acteurs qui vont paraître
en ce livre. Il me jugera.

Quant à mes principes politiques, je les établirai
clairement, en montrant le vice de notre organisation sociale et en appelant de tous mes vœux
l'instruction égalitaire sans distinction de classes.
Espérons avec le temps et travaillons pour l'avenir.
Nous sommes sur le chemin du progrès, puisque
nous avons le suffrage universel, qui nous conduira un jour au règne immortel du socialisme.

Là Gaudionnerie

PREMIÈRE PARTIE

Je suis né le 22 Mai 1838 à Civray-sur-Cher, canton de Bléré, Indre-et-Loire. Cette commune est située sur la rive droite du Cher, dans un vallon ravissant, à deux pas de la commune de Chenonceaux où s'élève le gracieux et superbe château historique de ce nom, séjour préféré de nos rois et de nos reines.

Mon père Pierre Priou de la même commune, était lui-même le fils d'un vigneron rempli d'humanité. On dit souvent : tel père tel fils. Ici ce n'est pas exact. Mon père, d'une force physique herculéenne, possédait un caractère violent et

emporté. Tout devait se courber devant lui. A
côté de ces défauts de caractère s'ajoutait des
qualités, si on peut appeler qualités, une audace
que rien n'arrêtait et une finesse qui fit sa fortune.

C'était à l'époque où les grandes propriétés
bourgeoises se divisaient. Sans avoir beaucoup
d'argent, il eut l'audace d'acheter tous les carrés
de terre les plus convenables, comptant sur de
bonnes récoltes pour s'acquitter de ses achats.
Ces multiples opérations lui avaient valu une
influence considérable dans l'esprit jaloux de
ses voisins.

Il suffisait qu'il s'arrêtât à examiner une pièce
de terrain pour lui donner de suite une plus-
value.

Ma mère, ma digne mère, se nommait Silvine
Delabarre; elle était née au village de Thoré de
la même commune. Elle était fille d'Etienne
Delabarre, gros propriétaire qui possédait environ 20 hectares de terre, champs, prés, vignes
et bois. Il avait deux filles. Ma mère pouvait
donc compter sur 10 hectares, tandis qu'à
l'époque de leur mariage mon père n'avait que
3 hectares.

Ce riche mariage excita la jalousie de son entourage: « Est-il heureux, disaient les gens, lui
qui n'avait rien, d'épouser une femme si riche!
Quelle chance! »

Mon grand-père Delabarre, se sentant vieillir
et voulant se reposer quelque temps après le
mariage de ma mère, donna sa propriété à ses
deux filles et se retira à Bléré, le chef-lieu du
canton, dans une maison qu'il avait achetée. Les

rentes qu'il se faisait se montaient à 2,000 fr.
environ. C'était largement suffisant, surtout à
cette époque où la vie était meilleur marché et
où le luxe dans le costume et dans les habitations
était resté primitif. Ses enfants lui faisaient
chacun une rente de 300 francs environ par an,
qu'ils lui payaient en argent et en diverses den-
rées telles que vin, beurre, bois... etc. Le reste
de sa pension provenait de prêts hypothécaires
de tout repos.

Ma mère avait naturellement quitté le village
de Thoré pour venir habiter avec mon père au
village de Vaux. Mon grand-père et ma grand'
mère Priou, ne possédant que peu de biens,
n'avaient pu quitter leur fils pour venir habiter à
part. Les deux ménages vivaient donc ensemble
par mesure d'économie. Ce fut un malheur car
ma grand'mère paternelle et ma mère vécurent
bientôt en mauvaise intelligence. C'est l'ordinaire!
C'est presqu'inévitable! Pourquoi faut-il que
cette séparation n'ait pas eu lieu au lendemain
du mariage de mon père et de ma mère! Que
de calamités eussent été détournées!

Arrivé à cette phase de mon récit je me demande
si je dois le continuer tant les faits que j'ai à raconter sont pénibles et douloureux. Une seule
considération me force à poursuivre cette narra-
tion : il faut qu'on sache à quelles causes je dois
l'effondrement de ma fortune et la division qui
règne dans ma famille! Pour me défendre je dois
dire la vérité sur ceux dont je voudrais taire les
vengeances.

Charité bien ordonnée commence par soi!!!

Mon grand père avait beaucoup travaillé avant le mariage de son fils; il travailla davantage après ce mariage, puisqu'il faisait les façons à deux hectares de vignes et s'occupait de conduire le domestique. Pour récompense son fils le maltraitait de la manière la plus brutale. Il allait plus loin; il osa même, dans ses emportements, frapper et souffleter sa mère. Mon grand-père aurait voulu cacher au public ces odieuses querelles de famille; mais les voisins s'apercevaient de tout et disaient dans leur joie jalouse : c'est égal ! avec leur fortune ils sont moins heureux que nous qui n'avons pas grand chose !

Ma mère se rendait tous les vendredis au marché de Bléré et racontait à ses vieux parents les mauvais traitements qu'elle endurait. Comment peindre la douleur de ces pauvres gens qui adoraient leur fille ! Comment narrer leur indignation contre un gendre auquel ils avaient donné une fortune et duquel ils n'exigeaient, pour toutes rentes, que du vin et du bois, sans exiger d'argent ! Aussi quand leur gendre allait les voir, ils se plaignaient amèrement de sa manière d'agir vis-à-vis de leur fille. Que leur répondait-il, je ne le sais, mais quand il rentrait il exhalait sa colère par des exclamations de ce genre : ils ne crèveront donc pas ces vieux... là !

Sa femme protestait contre de semblables propos — elle aimait ses parents. — De là les querelles, les insultes et les coups.

Pour aggraver la situation, ma grand'mère prenait le parti de son fils et commençait ses jérémiades contre sa belle-fille. C'était une vie d'enfer !

J'étais trop jeune pour comprendre la gravité d'une telle situation. Seul d'enfant, puisqu'une sœur que j'avais eue était morte toute jeune, je ne comprenais rien à ces querelles de chaque jour.

A cette époque un fait grave vint accroître la désunion de la famille et grandir la rage jalouse des voisins.

J'avais cinq ans. Pendant que mes parents vaquaient à leurs occupations diverses, j'allais courir avec les autres enfants du village. Avec nous venait souvent un grand garçon de 15 à 16 ans qui, au lieu de travailler, ne s'occupait qu'à jouer et à courir par les champs. Son grand plaisir était d'avoir entre les mains le fusil de son père le nommé Vengeon et de nous montrer à tirer la gâchette. Ces tristes leçons allaient porter leurs fruits. Un jour je me trouvais avec d'autres enfants de mon âge, chez un voisin qui avait la mauvaise habitude de laisser son fusil chargé derrière sa porte, avec l'idée de tuer les rats qui lui dévastaient ses treilles. Un de mes petits amis, nommé Tessier et moi nous prenons le fusil, nous l'appuyons sur un meuble et nous lâchons la gâchette. Malheureusement un petit garçon de notre âge, se trouvant en face du fusil, reçut la charge de cendrée en pleine poitrine quelques jours plus tard il mourait !

Grand émoi dans le village où mon père avait des jaloux en quantité !

Parmi ces derniers se trouvait un vieil oncle du pauvre enfant et mon oncle également; cet oncle était l'ennemi de mon père; il profita de cette

affaire malheureuse pour se venger et pour
faire verser 500 fr., par mes parents, sous forme
d'indemnité à la famille du défunt. Ces procédés
odieux indignèrent toute la population qui
savait très bien que des enfants de cinq à six ans
ne peuvent être responsables d'un acte de cette
nature. Le père et la mère de la petite victime
ne m'ont jamais ni parlé ni pardonné depuis
cette époque. Il n'en a pas été de même de leurs
autres enfants qui, plus tard, ont su apprécier
mon caractère et rendre justice à mes sentiments
de sociabilité.

C'est à cette époque que mes parents m'envoyèrent à l'école. J'y fis des progrès rapides, à
tel point qu'au bout de trois années j'en savais
autant que l'instituteur; c'est dire qu'il n'était
pas de première force. Les écoles normales
n'existaient pas encore !

J'avais de grandes aptitudes pour le dessin,
principalement pour la caricature; je tirais les
plans des châteaux et les silhouettes des personnes qui m'entouraient.

Je m'étais d'ailleurs donné tout entier à l'instruction. J'en saisissais dès cet âge la haute importance. Le temps que mes petits camarades
employaient à jouer, je l'occupais à étudier.

Les divisions qui régnaient entre les membres
de ma famille m'avaient rendu précocement grave
et réfléchi. J'en comprenais déjà toute l'horreur.
Aussi je rentrais le plus tard possible à la maison
et j'aimais à aller passer mes instants de loisir
chez les parents de mes camarades, où j'étais bien
reçu parce qu'on savait apprécier la droiture de
mon caractère et la franchise de mes sentiments

de confraternité. Ne trouvant pas d'affections dans le sein de ma famille je sentais grandir mes sentiments humanitaires envers la grande famille sociale. Que voulez-vous ! Mon père était si dur pour moi ! Je me souviens qu'un jour mes camarades et moi nous nous étions amusés à nous barbouiller la figure avec des guignes, pour simuler des masques et des polichinelles. C'était un enfantillage sans gravité, ce me semble.

Mon père survient tout-à-coup et nous surprend dans cet attirail; il me saisit dans ses bras vigoureux et, prenant un fragment de tuile, il m'en frotte la figure avec tant de violence que le sang coule en abondance et que ma peau se déchire, principalement sur mes joues ! Douloureux souvenirs ! Plus tard, quand j'eus un peu grandi, les brutalités semblèrent redoubler. Son grand plaisir était, lorsque je rentrais de travailler, de me cingler les jambes avec son fouet; j'en gardais les traces quelquefois plus de huit jours. Aussi je n'avais pas pour lui ces marques extérieures de tendresse qui sont les signes de l'affection du cœur. Je n'allais jamais plus me jeter à son cou pour l'embrasser. L'embrasser ! Je ne pensais qu'à le fuir quand je le voyais s'élancer sur moi armé de son fouet terrible.

Le temps marchait; 1846 arriva.

Le château de Civray appartenait à un monsieur de la Pinsonnière, pair de France sous Louis-Philippe. Par suite de spéculations désastreuses et de dépenses exagérées, ce grand seigneur tomba en déconfiture et vit sa propriété saisie.

Tout le monde fut heureux de la chute de cet orgueilleux châtelain particulièrement mon père, qui s'empressa, pour faire rager son ennemi, d'acheter une pièce de terre d'environ cinq hectares qui portait le nom de *terre de la Pinsonnière*. Le pair de France était furieux de voir une fraction de ses biens devenir la propriété d'un paysan qui n'avait jamais voulu se courber devant lui.

Ce haut personnage était maire de Civray et se déclarait le maître absolu de tous et de toutes choses. A ses yeux les paysans étaient moins que des chiens; il les dressait suivant ses caprices et ses fantaisies. Un seul lui résistait : c'était mon père.

Chaque fois qu'il mariait ses filles — il en avait trois — il convoquait ses domestiques et ses vignerons, sans oublier la garde nationale et les petits propriétaires ; tous se hâtaient d'accourir pour saluer les mariés et se courber devant le grand seigneur. C'était la mode à cette époque de basse servilité. Mon père était invité comme les autres ; il jugeait bon de rester chez lui ; je suis fier de rapporter l'indépendance de son caractère.

Lors du mariage d'une de ses filles avec un monsieur d'Haudicourt, La Pinsonnière donna des fêtes superbes ; il fit distribuer du vin à la foule qui pût en boire autant qu'elle en voulût. Le soir, valets, gardes-chasse, gardes-nationaux, invités de tous calibres roulaient sous les tables, ivres-morts : c'était leur place naturelle. Mon père était resté chez lui.

Le lendemain une grande chasse eût lieu. Le château manquait de chiens, on prit des hommes. Les paysans furent placés de distance en distance avec ordre de faire des battues à travers champs et vignes. Tous ces esclaves étaient tellement ivres qu'ils cassèrent les bois des vignes en tombant dessus. Les dégâts étaient considérables. Personne ne réclama. Cependant, quand les paysans et les petits propriétaires eurent apprécié toute l'étendue de leur servilité ils commencèrent à murmurer et à déclarer hautement que si de pareilles scènes se reproduisaient, ils poursuivraient à coups de triques les chiens à deux pattes!

Telle était la meute des châtelains au milieu du dix-neuvième siècle!

De la Pinsonnière était furieux contre mon père; ils ne savait quelles vexations exercer contre lui. Mon père, d'après les plans de l'ingénieur M. Morandière, avait fait élever sur les bords de la route, un mur pour clore sa propriété. Le maire jura de faire démolir ce mur et de le faire reculer de cinq centimètres. Que de menaces ne fit-il pas! Il eût la rage de voir ses démarches infructueuses. Le mur resta, grâce à l'obstination de mon père et à l'influence de M. Morandière.

Le pair de France était battu par un paysan!

En cette année 1846, le blé valait cinq francs le décalitre; la misère était universelle; c'était l'avant-garde de la révolution de 1848 et de la chute de la Monarchie.

Mon père, devinant la cherté du blé, avait su

en mettre de côté un stock considérable : plus
de 800 décalitres provenant de sa terre de la
Pinsonnière. C'était habile au point de vue de
la spéculation ; ça pouvait devenir dangereux
pour lui qui se vantait au grand jour de cette
forte réserve. Autour de lui tout le monde mur-
murait et menaçait de lui faire un mauvais
parti.

Mais il ne tremblait pas ; il avait placé un
coupe-marc dans sa chambre à coucher et il ré-
pétait partout cette phrase terrible : — c'est
pour recevoir celui qui viendra !

Personne ne vint. La Révolution se fit, l'ordre
se rétablit et les choses suivirent leur cours.

Mon père continua ses vexations à mon égard.
Il s'était rendu acquéreur d'une pièce de terre
d'une contenance d'un peu plus d'un hectare.
Prévoyant et craignant une séparation avec sa
femme, il eût soin de passer l'acte d'achat au
nom de son père. S'il achetait d'un côté, il vendait de l'autre les biens de ma mère, situés à
Thoré sur la rive gauche du Cher, et, pour favoriser les acquéreurs des biens de ma mère, il alla
jusqu'à tromper le contrôle d'une somme de
5.000 francs. Cette fraude retomba plus tard sur
moi, car je dûs dans la suite en payer le montant de mes deniers. Mon grand père maternel
ignorait ces indignités ; il en fut bientôt informé
par les voisins ; il avait pu consentir à ce que
les propriétés qu'il avait données en dot à sa
fille fussent grevées pour répondre de la minime pension que son gendre lui servait, il ne
pouvait se faire à l'idée de les voir vendues

pour passer au nom de mon grand-père paternel. La supercherie était par trop révoltante!
Les conséquences de ces divisions allaient être
terribles pour les intérêts et la paix de toute la
famille.

Je ne fus pas longtemps à m'apercevoir des
haines qui grondaient autour de moi. Chaque
fois que j'allais à Bléré avec ma mère, mes grands
parents exhalaient leur mécontentement contre
leur gendre.

— C'est pour te voler, me disaient-ils, mon
pauvre enfant; si ta mère mourait tu serais obligé
de payer les frais du contrôle que ton père a dis-
simulé.

Je ne comprenais pas grand chose à toutes ces
opérations: je n'avais que neuf ans; mais j'étais
assez grand pour ressentir le contre-coup de
ces querelles et de ces injures; aussi, dès que
les discussions commençaient je m'empressais
de sortir et d'aller jouer avec mes camarades.

Un jour en revenant de l'école, je cherchai ma
mère pour l'embrasser; mon père m'apprit qu'elle
était partie à Bléré, chez ses parents, en lui déclarant qu'elle ne reviendrait pas et qu'elle allait demander la séparation. Je ne comprenais pas trop
la portée de ces paroles. Je sortis, je vis les voisins chuchotter par petits groupes en me regar-
dant, je me doutais bien du sujet de leurs cau-
series. Que pouvais-je faire? Que pouvais-je
dire? A la maison, j'entendais les colères de mon
père, je recevais les soins de ma grand'mère; à
Bléré je voyais les larmes de ma mère et ses
plaintes.

Je n'allais à l'école que par intervalles; c'était mon plus grand ennui ! Je comprenais, à mon âge, les avantages de l'instruction.

Quelques jours après le départ de ma mère, l'huissier Girard, de Bléré, arriva un soir à la maison de mon père : c'était ma mère et ses parents qui l'envoyaient. L'huissier et mon père eurent ensemble un long entretien. L'huissier prononça le mot de séparation en la motivant par les mauvais traitements que subissait ma mère ; mon père lui déclara qu'il s'opposait absolument à la séparation par la raison qu'ils avaient un enfant. D'un autre côté le mari de la sœur de ma mère, était mécontent de voir sa belle-sœur habiter au domicile de ses parents; il décida ma mère à rentrer au domicile conjugal. Ma mère céda et revint à Civray.

J'allai à l'école de Civray jusqu'à l'âge de onze à douze ans. C'était alors un nommé Monsieur Badiller qui était l'instituteur dans notre commune. En 1848, ce Badiller était un républicain socialiste de la plus belle venue ; avec l'aide de Ruauld, instituteur à la Croix de Bléré, il avait groupé autour de lui tous les instituteurs de la contrée.

A cette époque, le maire de Civray était M. le baron de la Brousse, un bonapartiste enragé, mais un homme sans pareil au point de vue des sentiments humanitaires. Je crois devoir rendre justice à la vérité en déclarant qu'il a été la providence de la commune : plus de procès, plus de gendarmes; il arrangeait tout à l'amiable; il assistait à tous les mariages, il prenait part à

tous les banquets, il payait même trop largement
sa part au café aux invités de la noce. J'ose dire
que dans nos campagnes la majeure partie des
habitants n'aurait jamais pensé à la République
s'il se fut trouvé à la tête des mairies beaucoup
de cœurs généreux comme M. de la Brousse.

Après le coup d'état de Napoléon III et la pro-
clamation de l'Empire, M. de la Brousse fit tous
ses efforts pour amener à l'impérialisme les
chefs de l'idée républicaine. Il travailla Badiller.

— Tu veux rester à Civray! lui dit-il un soir,
et y finir tes jours.

— Oui, Monsieur le maire.

— Je ne connais qu'un moyen.

— Lequel?

— C'est de cesser d'être républicain. Le Préfet
connaît tes opinions; il va inévitablement te
mettre à pied, si je ne lui donne l'assurance de
tes préférences pour le régime impérial.

A cette époque, maires et instituteurs étaient
nommés directement par le Préfet qui ne se
gênait même pas de choisir les maires en dehors
du Conseil municipal.

Badiller céda! Il devint impérialiste. Il se
vendit pour conserver son poste. Combien
d'autres en ont fait de même à cette époque né-
faste. Combien en font autant aujourd'hui!

D'impérialiste il devint clérical; il se fit
chantre au lutrin! Mais s'il descendait aux yeux
de sa conscience il grandit au point de vue de
l'influence. Après la mort de M. de La Brousse
il fit nommer des maires qui savaient à peine
signer leur nom: ça le rendait indispensable;

aussi ne s'occupait-il guère de son école où nous n'apprenions plus rien ; les affaires administratives absorbaient tout son temps.

1870 arriva, ce fut le réveil ; Badiller vit la lumière prendre la place des ténèbres ; il se vit relégué au rang des renégats ; il en mourut!

Il mérite les flagellations de ma plume vengeresse !

Vers 12 ou 13 ans mon père me mit en pension chez mon grand père à Bléré. Je fréquentai une des écoles de cette petite ville qui en comptait trois. A cette époque trois hommes y dominaient : l'instituteur Delacroix, le curé Thibault, le maire Couëseau.

Delacroix, âgé de 70 ans, était un bon instituteur, son école était libre et très renommée sous lui j'appris à conjuger les verbes et à façonner une phrase française.

Le curé Thibault était un malin, son autocratie avait soulevé contre lui les colères des gros bonnets de l'endroit, tous parvenus ou fils de parvenus de 1789 et ses vices lui avaient attiré les haines du peuple. Les plus influents de la commune adressent une pétition à l'archevêque pour le prier de les débarrasser d'un tel prêtre. Que fait Thibault ? Quelques jours plus tard a lieu la confirmation, Il invite tous les gros bonnets au banquet qu'il offre au prélat, et au milieu du repas :

— Je suis heureux, Monseigneur, dit-il à l'archevêque, de me présenter devant Votre Grandeur entouré de tous les notables de ma paroisse. On a dit à Votre Grandeur, que la pêtition qu'on lui a envoyée était signée par tous les notables. C'est faux. Les notables sont ici... Tête des gros bonnets qui s'étaient laissés prendre au piège!

Le maire, Monsieur Couëseau n'était pas moins malin que le curé, il avait de plus l'avantage d'être millionnaire. Où avait-il gagné sa fortune ? Comme tous les parvenus, son père, dit-on, avait acheté des biens nationaux et les avait payés avec des assignats. Comme Couëseau était un personnage par son argent il avait été décoré. A cette époque de corruption impériale la fortune achetait les croix : c'était comme de nos jours, en l'an 1885, de la République ! La ville de Bléré, loin de se réjouir de la décoration octroyée à son premier magistrat, s'en montra tout humiliée. Les malins composèrent une chanson contenant sept à huit couplets. J'ai gardé mémoire de l'un d'eux, je le cite bien qu'il n'ait pas une grande valeur :

Laisser sa femme à l'abandon,

La remplacer par une fille,

Ce n'est qu'un péché de famille

Qui n'a pas besoin de pardon,

Entre nous la foi conjugale

Est comme tout autre serment,

Donnez, au nom de la morale,

Un ruban rouge à l'homme blanc.

Je ne saurais dépeindre le tintamarre qui fut fait

à cette occasion dans la ville et dans les communes
environnantes. Le vieux Couëseau était furieux,
mais que faire devant toute une population qui
chante en rigolant. Il payait cher sa ferblanterie!

———————

Vers cette époque, mon grand père paternel
mourut. J'avais treize ans. Je dus quitter l'école
et me mettre à piocher la vigne. L'instituteur de
Bléré avait vainement tenté de me faire adopter
une carrière libérale; mon père s'était montré
intraitable, sous le faux prétexte que je man-
gerais son bien.

— Je veux, disait-il, qu'il soit un paysan comme
moi.

Il voulait dire son esclave !

Je le fus en effet. Il avait pour domestique un
vigoureux gaillard qui avait reçu l'ordre de me
faire travailler sans relâche. A quinze ans je fai-
sais la journée d'un homme.

Pendant que je grandissais, les évènements
avaient marché ; Napoléon avait fait le 2 décembre ; pour consolider sa tyrannie il fit jeter
en prison les plus ardents des républicains, au
moins un par commune.

La fureur était universelle, mais la terreur
était si grande que personne n'osait se plaindre
ouvertement. Les espions pullulaient jusqu'au
fond de nos campagnes ; les gendarmes avaient

ordre de surveiller et d'inquiéter les cabaretiers et les cafetiers qui osaient faire de l'opposition. Les maires étaient toujours pris parmi les gros réactionnaires, bourgeois ventrus, nobles de vieille ou fraîche date.

Le curé dominait l'instituteur et le forçait à chanter au lutrin. Mais malgré la pression cléricale, l'émancipation allait grandissant. Les églises étaient désertes, les paysans au lieu d'aller à la messe travaillaient le dimanche; pour les femmes si elles fréquentaient l'église c'était pour montrer leur toilette : ce qui ne les empêchait pas d'aller au bal le soir pour y trouver des amoureux. Le peuple de nos campagnes était devenu égoïste et avare. Chacun pour soi. La fortune était tout. L'humanité et les nobles sentiments du cœur avaient disparu.

La fortune de mon père me laissait dans la misère; il mettait de côté chaque année de 8 à 10,000 francs en achetant des propriétés qui lui coûtaient de 7 à 8.000 francs l'hectare.

Pour me payer de mon travail il daignait me donner 0 fr. 50 le Dimanche.

Et encore, lorsque je rentrais il me disait : je parie que tu as tout dépensé! Qu'on juge de ma honte en face de mes camarades, qui avaient tous au moins cinq francs dans leurs poches bien que leurs parents fussent moins riches que les miens. Je devais dévorer toutes les humiliations et me taire. Un jour, M. Mabille d'Amboise, le père de MM. Emmanuel et Ernest, devenu plus tard ainsi que ses fils grands industriels, vint à la maison poser un pressoir; devant lui surgit une querelle entre mes parents; mon père s'oublia jusqu'à frapper ma mère. M. Mabille en fut indigné; il me prit à part.

— Si j'étais à votre place, je leur dirais ceci, je leur dirais cela... c'est honteux de voir un pareil ménage ! ça vous fera du tort. Moi, dans ma pauvreté, je me trouve heureux, je n'ai jamais le moindre mot avec ma femme et mes neuf enfants.

Je comprenais la justesse de ces paroles. Mais j'étais rivé à la chaîne. Je devais subir tous les affronts. Je les subissais, tout en maudissant mon sort.

J'avais été invité à dîner plusieurs fois chez mes camarades. Je me crus dans l'obligation de les inviter à mon tour chez moi. J'en informai mon père. Je fus bien reçu; il osa me déclarer qu'il ne les recevrait pas. Qu'on juge de mon désappointement et de ma colère ! Heureusement que mes amis savaient que mon père n'était bon que pour lui, pour les étrangers et surtout pour les gendarmes.

Se trouvant mal logé, il se fit construire une superbe maison de campagne, près de la fontaine de Vaux ; il y dépensa plus de 8.000 francs. Cette forte somme il avait su l'économiser en pièces de cinq francs et la cacher dans un meuble; je fus assez heureux pour découvrir la clef; je fis passer un soir, du buffet dans ma poche, quarante pièces de cent sous. Je ne crus pas mal faire, c'était à peine le montant d'une de mes années de travail; ces 200 francs me rendirent service; je pus rendre à mes amis les dîners qu'ils m'avaient tant de fois payés. Nous allions toujours au même hôtel, chez ce brave M. Charles Fillion, un loyal démocrate, où mon père venait faire le tapage quand je n'étais pas rentré à dix heures à la maison.

Chacun connaissait les idées avancées et progressistes de Charles Fillion; aussi la surveillance des agents bonapartistes était-elle incessante autour de lui.

Le plus acharné était un nommé Langle, maréchal des logis, que le gouvernement avait cru devoir récompenser par la croix de la légion d'honneur; ses canailleries ne se comptaient plus dans le canton. Je l'entendis un jour dire à mon père dont il était l'ami intime :

— Quand vous irez chez Fillion, après 10 heures du soir, cassez tout, glaces et vaisselle; j'irai le lendemain lui dresser un procès pour tapage nocturne et je ferai fermer son café.

Je m'empressai d'avertir Fillion; il sut prendre ses précautions et déjouer les furies de ce triste personnage.

———

Un grand événement devait avoir lieu dans mon existence. Je résolus de me marier. J'avais 19 ans; le spectacle de la mésintelligence qui régnait entre mes parents loin de me dégoûter du mariage m'y poussa : je voulais prouver que je saurais vivre en paix avec la femme que j'allais choisir.

Je fis la demande d'une jeune fille de Francueil, Mademoiselle Porcher, dont les qualités morales étaient à la hauteur des qualités physiques. Je fus accepté. La fortune des parents de ma fiancée était égale à celle des miens. Un ami de mon père lui dit : tu maries ton fils à la fille de Porcher ; tu ne risques pas de lui tirer un bon mariage, c'est un gaillard très dur et qui est encore jeune. Mon père me raconta cela en arrivant ; il me déclara qu'il allait me donner dix mille francs.

Les deux pères se virent, s'entendirent et nous donnèrent chacun 8.000 fr., moitié en argent, moitié en propriétés, prés et maisons. Mais la grosse question était de savoir où nous irions demeurer? L'un et l'autre voulait nous avoir parce que l'un et l'autre songeait à nous faire travailler sans nous payer. Que nous importait d'ailleurs ! Ce que nous ne toucherions pas du vivant de nos parents nous le trouverions après leur mort. Le père de ma fiancée, pour nous avoir, promit de mettre à notre disposition sa belle carriole pour nous promener. Mon père, qui tenait à nous, s'empressa de faire faire une superbe carriole.

Minuscules détails qui portent avec eux leur enseignement. Ce n'était point l'affection qui les poussait à nous avoir c'était l'égoïsme.

Le 20 avril 1858 eut lieu le mariage. J'avais 20 ans moins un mois et ma femme 22. Quelles noces nous fîmes ! Autour de tables immenses, 200 convives qui pendant trois jours mangèrent notre argent et burent notre vin dans trois verres! Oui dans trois verres ! Ça ne s'était jamais vu à Francueil et dans les environs ! Quelle hécatombe de porcs, de poulets, de dindons ! Il y eut des invités qui ne quittèrent pas la table durant ces trois jours, même pour dormir ! C'est de cette époque, certainement, que datent, dans notre contrée, les folles dépenses qui se font encore aujourd'hui dans presque toutes les communes des cantons environnants. Les gros paysans et vignerons de cette contrée sont heureux de faire manger en tas les gros sous qu'ils ont si laborieusement amassés un à un !

Cette noce grandit les jalousies dans les communes de Civray et de Francueil. Jugez donc un peu ! Deux enfants uniques, possesseurs chacun de cent mille francs en 1858. Où montera leur fortune ! Vont-ils être heureux !

Chacun dix arpents de vigne, tant....
—   quinze arpents de terre, tant....
—   des prés 3 hectares, tant....
—   des bois 3 hectares, tant...
—   des maisons 50.000 fr. tant...

Au moins trois cent mille francs ! Hélas ! avec un pareil trésor j'allais peut-être jeûner à la fin de mes jours !

Nous voilà donc entrés, ma jeune épouse et moi, au service de mon père, à Civray. Ma femme ne tarda pas à voir la mésintelligence qui régnait entre mes parents ; elle n'en fut pas trop surprise, puisque dans sa famille les mêmes querelles existaient. Qu'y pouvions nous faire ? Absolument rien. En gémir souvent ; en rire même quelquefois. Mais surtout y puiser une sa-

lutaire leçon pour nous-mêmes, en concevoir
une horreur invincible contre ces colères familiales, et vivre surtout dans la plus parfaite in-
timité. Ce qui nous arriva jusqu'au jour où j'eus
la douleur de perdre celle qui fut, jusqu'au
3 septembre 1875 la fidèle et chère compagne de
ma vie.

Je suis heureux d'adresser à sa mémoire
l'hommage de ces lignes émues et louangeuses!

———————

Aux plus beaux jours de l'empire, les récoltes
abondaient, se vendaient très cher, enlevées
qu'elles étaient par les chemins de fer, qui les dé-
versaient sur les marchés des grandes villes,
principalement sur Paris. Mais si le commerce
allait, les mœurs se dépravaient; la jalousie serrait au cœur les paysans; le travail continu,
opiniâtre, de jour, de dimanche, par avarice cour-
bait maîtres et domestiques vers la terre. C'était
à qui aurait la vigne la plus belle. Mon beau-
père avait reçu une médaille d'argent au premier
concours de Bléré pour avoir fait faire le plus
de progrès à la culture de son vignoble. Cette
médaille il ne pouvait s'en séparer, on m'a même
dit qu'il la portait au lit!

La bourgeoisie, la noblesse et les grands
propriétaires s'apercevant qu'ils ne retiraient de
leurs propriétés que de maigres revenus, se mi-

rent à les vendre, ne gardant que leurs châteaux avec un petit entourage. Ils commencèrent à placer leurs capitaux sur les fonds d'Etat et sur les chemins de fer. On peut dire que c'est véritablement dè cette époque que date l'oligarchie capitaliste et financière.

Les paysans étaient heureux de voir se dépecer les grandes propriétés.

— Nous sommes enfin les véritables maîtres, disaient-ils; nous avons du bien au soleil, ça vaut mieux que du papier dans une armoire. Ils ne prévoyaient pas qu'un jour ceux qui avaient vendu leurs biens très cher sauraient, un jour, les déprécier jusqu'aux dernières limites afin de les racheter à un vil prix!

Avant 1870, mon père et mon beau-père, qui vendaient chaque année pour 8 à 10.000 francs de vin, achetaient toujours des propriétés, mais toujours en leur nom; jamais au nôtre. Que nous importait cependant; un jour ou l'autre, nous disions-nous, ces biens nous reviendront. Hélas! nos espérances ne se réalisèrent pas!

Après neuf mois de mariage, nous eûmes la joie de serrer dans nos bras notre premier enfant que nous appelâmes Marguerite Louise.

C'était un premier bonheur! Le second nous arriva l'année suivante; Valentine, notre seconde fille, vint au monde. Mon beau-père et ma belle-mère nous prièrent de leur donner Marguerite Louise pour remplacer leur fille. Nous accédâmes à leur désir. Un fils nous naquit, Pierre Alexis; ce fut une joie sans bornes dans les deux

familles, parce que c'était un garçon. Enfin une
dernière fille, Virginie, naquit un an plus tard ;
elle fut la bienvenue et la bien reçue comme les
autres.

———

M. de la Brousse était mort; ce fut un nommé
Cormier qui le remplaça comme maire de la
commune de Civray. Le pauvre homme ! Quelle
ignorance ! L'instituteur Badiller était obligé de
lui désigner, par une croix, l'endroit où il devait
apposer sa signature. C'était à ce Badiller qu'il
devait sa place de maire. Mais si Cormier était
un incapable il était un vengeur de la plus belle
venue : la malice marche bien d'ordinaire avec
l'ignorance !

En voici la preuve :

La maison de mon père et celle du maire
étaient toutes les deux bâties près de la petite
fontaine de Vaux. Au bas de cette fontaine se
trouvait un lavoir pour le linge, lavoir que les
habitants du village avaient fait construire à
l'aide de cotisations personnelles ; au-dessous de
ce lavoir au linge avait été construit un autre
lavoir aux herbes. Ces deux lavoirs avaient donc
chacun leur destination spéciale. Or, le maire,
pour se venger de ceux qui lui déplaisaient, auto-
risait ses préférés à laver leurs herbes dans le
lavoir au linge. Chaque fois qu'il voyait ma
femme se diriger vers le lavoir avec un paquet de

linge, il s'empressait de faire signe à un de ses amis d'aller brouiller avec des herbes l'eau du lavoir où ma femme était installée. Il se pâmait d'aise en entendant les discussions que sa brutale malice faisait naître.

De tels procédés révoltèrent presque tous les habitants du village de Vaux; des protestations furent adressées au maire, puis au préfet, enfin au ministre. Rien n'y fit; les vexations du maire continuèrent.

Heureusement que dans notre contrée, tout près de Genillé, se trouvait un homme d'un talent remarquable et d'une activité plus remarquable encore.

J'ai nommé Victor Le Febvre, écrivain à la plume satyrique et à la parole indignée : un phamphlétaire de l'école des Rabelais et des Paul-Louis Courier. J'avais souvent entendu parler de son talent d'orateur. Je lui écrivis en lui donnant tous les détails possibles sur l'affaire du lavoir de Vaux.

Victor Le Febvre s'empressa de publier un article dans un journal de Tours ; il y stigmatisait l'étrange conduite du maire de Civray.

Celui-ci, se sentant soutenu par la préfecture, n'en continua pas moins à faire troubler l'eau par ses créatures. Mon père se révolta de tant de tenace perversité; il fit assigner en justice de paix la première femme qui vint troubler l'eau au moment où sa belle-fille lavait son linge. Grand émoi dans le village et dans la commune! Un procès! chacun fut bien vite persuadé que toutes les chances du succès étaient pour mon père.

Que fit le maire et ses partisans ? Ils firent
creuser et construire en toute hâte un nouveau
lavoir pour les herbes, plus grand que le premier,
en disant partout que l'intention du conseil municipal était arrêtée depuis longtemps pour cette
nouvelle construction, que mon père était un
brouillon, qu'il s'était trop pressé. Mon père ne
s'arrêta pas dans la poursuite de ses revendi-
cations. La cause fut appelée, Victor Le Febvre défendit l'affaire ; il fut d'un entraînement admirable en face d'un auditoire qui débordait de
toutes parts de la salle trop étroite de la justice
de Paix. Tous les gros bourgeois de Bléré,
d'Amboise et des environs s'étaient empressés
d'accourir pour juger des talents et des opinions
du nouveau candidat à la députation. Mon père
eut gain de cause ; le maire fut battu. Il faillit en
mourir de dépit ! Quelle éloquente oraison fu-
nèbre Victor Le Febvre aurait prononcée sur sa
tombe.

Puisque j'ai prononcé le nom de Victor Le Febvre
je dirai un mot des élections de cette époque.

Nous étions en 1868 ; l'empire tenait courbé
dans le servilisme les trois quarts de la popu-
tion. Les électeurs, ne comprenant guère l'importance de leurs votes, étaient rivés aux can-
didatures officielles. Victor Le Febvre, un véritable
républicain, un démocrate aux idées généreuses,
se présenta dans ces circonstances. Deux autres
candidats allaient lui disputer le poste si envié ;
MM. Ernest Mame, député sortant et un étranger
nouvellement établi au chateau de Chenonceaux,
Daniel Wilson.

La lutte fut ardente. M. Mame se posait en candidat officiel, et en défenseur de la liberté religieuse ; c'était le candidat des dévots. Victor Le Febvre se posa résolument en candidat républicain démocrate, réclamant la liberté de la presse, de la parole, de la pensée. Les créatures du gouvernement avaient mission de combattre ce trouble-fête par toutes les pressions possibles. Wilson essaya d'être le candidat de tous les partis, en les flattant tous, quitte à les tromper tous ensuite. Il se déclara partisan du progrès et des réformes sans se poser en adversaire du gouvernement. Il se prit à flatter le clergé, conseillé et appuyé par le curé de Civray-sur-Cher, l'abbé Chevalier, président de la Société archéologique de Touraine, et devenu l'âme damnée du candidat. Il osa visiter les chatelains en leur déclarant qu'il serait le soutien de leurs privilèges et de leurs prérogatives. Il prit le peuple par les moyens les plus honteux qu'on puisse imaginer.

M. Wilson et Mme Pelouze sa sœur se mirent à parcourir l'arrondissement, à visiter tous les maires, tous les curés, tous les bourgeois, tous les gros fermiers; à inviter les ouvriers et les paysans à boire dans les cabarets; à promettre monts et merveilles à tous les solliciteurs; à donner des fêtes splendides dans leur résidence royale de Chenonceaux; à distribuer des cache-nez à tous ceux qui tendaient la main. La décomposition électorale avait pris de telles proportions que les idées des candidats n'entrèrent pour rien dans les votes des électeurs. La ma-

3

jeure partie des électeurs se donna, se livra, se
vendit. Les paysans étaient subjugués. M. Wilson
leur serrait la main, Mme Pelouze embrassait
leurs enfants! Et puis les vingt chevaux des
écuries de Chenonceaux trottaient par les bourgs
et les hameaux, conduisant des nuées de valets
et d'agents qui semaient l'argent à pleines mains
et les louanges du candidat à pleins gosiers. En
vain Victor Le Febvre jetait sa brûlante parole au
milieu de ces masses captivées qui refusaient
d'entendre, de comprendre, de saisir. Qu'importait l'avenir! Les paysans se battaient entre
eux, les frères se disputaient au sein des familles.
  Le million triompha. Wilson fût élu! Dégra-
dation bizantine!!!

Au milieu de cette corruption générale se pro-
duisit des actes de désopilante gaieté. Le 24 juin,
jour de Saint-Jean, une grande fête avait lieu à
Amboise à laquelle M. Wilson avait l'habitude
d'assister; les conseillers municipaux venaient
d'être réélus depuis peu.
  Le 23 juin, des lettres partent de Bléré à
l'adresse de tous nos conseillers municipaux, les
invitant à aller dîner, le 24 juin, en compagnie
de M. Wilson, à l'hôtel du Lion d'Or. Les lettres
étaient signées Langle, régisseur du château de
Chenonceaux. Ce Langle était l'ancien maréchal
de logis de gendarmerie à Bléré.

Comment dépeindre la joie de nos édiles de Civray ! ils attèlent leurs carrioles sans tarder et volent, de toute la vitesse de leur monture, vers la ville bénie où les attend l'illustre personnage, où se dressent sur des tables somptueuses les plats les plus exquis, les vins les plus capiteux. Ils arrivent à l'hôtel et demandent le patron.

— Où est Monsieur Wilson ? Nous venons déjeuner avec lui.

— Mais il n'est pas ici.

— Comment ! Mais il nous a invités. Voyez ses lettres.

— C'est possible, mais M. Wilson n'est pas à Amboise.

— Pas à Amboise !

— Non ; cependant je vais vous servir, messieurs ; je suis certain que M. Wilson paiera.

Ventre affamé n'a pas de pudeur. Ils mangèrent parce qu'ils avaient faim, mais ils mangèrent sans enthousiasme, tout honteux d'avoir été mystifiés !

En rentrant à Civray, ils en faisaient des nez ! Comme le soleil se couchait à peine chacun leur demandait l'explication d'un si prompt retour et d'où venait qu'ils n'étaient pas restés au feu d'artifice.

Leur rage ne connaît plus de borne. Le lendemain, ils courent au château de Chenonceaux pour faire une scène au régisseur Langle qui commence d'abord par leur déclarer qu'il ne comprend rien à ce qu'ils lui disent, mais qui finit par leur affirmer qu'on a imité sa signature pour se moquer d'eux, de lui et de son maître.

— Il faut trouver le gredin qui s'est si traîtreusement joué de nous.

Ils partent tous en campagne et vont dans tous les bureaux de poste et de tabac des environs pour savoir à qui avaient été vendus douze timbres à la fois. Aucun bureau n'en avait vendu. Quel pouvait donc être le coupable? Naturellement ils me soupçonnent; ils recherchent mon écriture, ils la comparent, ils l'étudient, ils se donnent une peine extrême. J'en étais désolé pour eux !

Les journaux ont eu vent de l'affaire, ils l'ont racontée avec détails. Tout le département s'en est amusé. Le pire de l'affaire c'est que le maître d'hôtel du Lion d'Or leur a écrit d'avoir à lui payer leur fameux dîner, en leur déclarant que M. Wilson n'était pour rien dans cette plaisanterie et qu'il refusait absolument de payer. Quelles rages ! Quelles furies ! Quelles imprécations ! Avoir cru manger au compte d'un autre et se trouver avoir mangé au sien propre !

M. Wilson était furieux lui aussi. Mais aucune colère ne montait au niveau de celle de Langle, son régisseur; convaincu que j'étais le coupable il m'écrivit d'avoir à passer chez lui, me déclarant qu'il voulait me voir avant de me dénoncer au procureur impérial.

Je lui répondis la lettre suivante :

Monsieur

« J'ai reçu en effet la lettre d'invitation dont votre honorée m'entretient, mais elle était trop grotesque pour me faire tomber dans le piège.

« Vous avez au reste acquis l'expérience que des invitations de ce genre, et même d'un autre que vous connaissez bien, ne pouvaient obtenir aucune créance auprès de moi. Vous me parlez d'un temps où nous étions amis ; je n'y comprends rien ; je ne puis m'en souvenir, moi, puisque ce temps n'a jamais existé. J'avoue que dans vos tournées je vous donnais quelquefois un verre de vin, mais j'en donnais pareillement aux facteurs et aux mendiants.

« Je vous prie, Monsieur, de recevoir mes civilités..

PRIOU. »

L'affaire était enterrée. Langle est resté trois années sans me parler — il a eu le mutisme long — mais de nouvelles élections législatives sont venues et Langle, l'agent de son patron, a tenté de me faire des mamours. Ça n'a pas pris !

J'ai su, quinze jours plus tard, quel était le farceur qui avait joué un pareil tour à nos édiles ; il se nommait Jules Daillet, âgé de 17 ans et d'une intelligence peu commune, il était au service du nommé Vengeon ; ce jeune homme avait voulu tourner en ridicule tous ces paysans vantards, en particulier son patron qui possédait une forte dose de naïve vanité. Après avoir mis les lettres à la poste, il avait eu soin de quitter le pays. Courez après lui !

Nous sommes en 1870. La guerre éclate avec l'Allemagne. L'impérialisme s'effondre dans la honte de Sedan. La République est proclamée. Le gouvernement de la Défense Nationale, trouvant des municipalités toutes bonapartistes, s'empressa de les démolir. Nos conseillers municipaux, frappés dans leur orgueil, restèrent muets comme des carpes. N'être plus rien, après avoir été tout ! Ils en ont tous été malades ; plusieurs ont vu leurs jours abrégés au moins de dix ans.

Le lendemain du décret de dissolution, je fus tout étonné de recevoir une lettre de M. Durel, préfet d'Indre-et-Loire, m'invitant à passer à la préfecture. Que pouvait-il me vouloir ? Qui pouvait avoir donné mon nom au préfet ? J'ai soupçonné M. Benoin, du village de Thoré, un véritable démocrate de 48.

J'arrive à la préfecture ; M. Durel me reçoit dans son cabinet, et, sans préambule :

— Monsieur, me dit-il, je vous nomme maire de la commune de Civray-sur-Cher.

— Mais, Monsieur le préfet, je ne puis accepter ; je n'ai pas les capacités voulues pour tenir ce poste. Vous en trouverez beaucoup de plus capables que moi et qui s'empresseront d'accepter.

Je lui citai cinq ou six noms : ce fut inutile, d'autant plus que Gambetta, se trouvant dans le cabinet, joignit ses instances à celle de Durel, en faisant appel à mon patriotisme.

Je résistais toujours.

— Eh bien ! termina le Préfet, si demain je ne

reçois pas une liste de noms acceptant la place
de maire, je vous nomme d'office.

Il me serrèrent la main. Je sortis.

Le lendemain, je vis plusieurs de mes amis,
pas un n'accepta. M. Benoin consentit à être
adjoint à la condition que je sois maire.

Je fus nommé maire deux jours plus tard. Je
me rappellerai toute ma vie la scène que pro-
voqua cette nomination.

Tous les citoyens en âge de défendre la patrie
faisaient des manœuvres dans la prairie. Le secrétaire de la mairie paraît tout-à-coup tenant
à la main ma nomination de maire de la commune !

On aurait dit que le ciel allait écraser la terre
où que cent mille prussiens s'apprêtaient à faire
une charge contre nous. Les conseillers démolis
ne se possèdent plus. M. Métivier, le tambour,
qui espérait être nommé maire, tant il se sentait
d'aptitudes pour mener tout le monde à la ba-
guette, envoie sa caisse rouler d'un coup de pied
à plus de dix mètres. Les autres voient leurs
fusils leur tomber des mains ; on les aurait crus
tous paralysés.

— Voilà les fusils, me dirent-ils, nous te les
rendons.

Tel était leur patriotisme !

Un autre, frère d'un conseiller, en arrivant chez
lui est pris d'un tel accès de rage qu'il brise d'un
coup de pied la tiroire, (vase en fer blanc pour
traire les vaches).

— Mais, qu'as-tu donc, imbécile, lui crie sa
femme.

— Priou qui est maire !

— Eh bien ! Est-ce une raison pour défoncer ma tiroire. Priou en vaut bien un autre !

Un seul fit preuve d'un peu de bon sens, le nommé Duportal, qui affectait des airs de patriotisme. Il fit comprendre que c'était un crime de désarmer dans de semblables circonstances, au moment où les prussiens allaient nous tomber sur le dos; suivant son conseil. tous reprirent leurs fusils et les reportèrent à la mairie. D'ailleurs, leur disait Duportal, Priou devenu maire a, tout autant que nous, intérêt à bien mener les affaires de la commune puisqu'il est plus riche que la plupart d'entre nous.

J'aurais désiré faire entrer ce Duportal dans la commission administrative ; je ne le pouvais, parce qu'il était très impopulaire à cause de sa morgue et de son autoritarisme. Ses anciennes fonctions de régisseur et de fouetteur de chiens l'avaient façonné au servilisme vis-à-vis des bourgeois et au dédain vis-à-vis des paysans.

Je nommai une commission de quatre membres suivant les instructions préfectorales.

Je désignai MM. Bénoin, Pontlevoy Pierre de Thoré, Dumoulin Silvain de Mesvres ; ces messieurs me conseillèrent de choisir pour quatrième le sieur Vengeon Pierre, une tête rare munie d'une cervelle faible et d'une langue intarissable :

Par lui nous saurions toutes les nouvelles de la commune; c'était un homme précieux sous ce rapport.

Mon père fut particulièrement flatté de ma nouvelle situation ; il espérait pouvoir donner un libre cours à ses vengeances en me forçant à les épouser. Je résistai à ses sollicitations, à ses ordres, à ses colères. Je prouvais à tous que je n'étais que le gérant des affaires de la commune et que je plaçais les intérêts généraux au-dessus des passions personnelles.

Mon administration était contrariée par l'instituteur Badiller, secrétaire de la mairie, et par le facteur de la localité, tous deux bonapartistes et cléricaux. Malgré mes injonctions, le facteur s'obstinait à porter à la mairie tous les plis, toutes les correspondances qui m'arrivaient par la poste; Badiller, comme un oiseau de proie, se jetait sur tout, décachetait tout. J'ai dû me fâcher et lui enjoindre d'avoir à respecter mes correspondances. Il n'a pas toujours tenu compte de mes ordres; la preuve c'est que M. Morcelet, ancien instituteur né à Civray devenu professeur, s'offrit un jour pour entrer au collège de Blois. Le Directeur de cet établissement m'écrivit pour me demander des renseignements sur lui. Je ne vis pas la lettre. Badiller qui détestait M. Morcelet dut fournir sur lui de mauvais renseignements; le pauvre professeur ne fut pas accepté!

Badiller, secrétaire de la mairie sous des maires ignorants, avait toujours eu entre les mains le cachet de la mairie; il en usait et abusait suivant sa fantaisie et ses caprices. Le Préfet informé de cette particularité me fit venir dans son cabinet et me fit comprendre les abus d'une telle pratique: il me conseillait de lui ôter le secrétariat de la mairie en me déclarant qu'il allait où le

changer de commune ou le briser. Je le priai
de n'en rien faire au nom de la paix que je tenais
à conserver : il céda à mes sollicitations. Quant
au cachet de la mairie j'eus soin de le prendre
chez moi. Quand les gens avaient besoin de cer-
tificats et s'adressaient, comme par le passé, à
Badiller :

— Allez trouver le maire, je ne suis plus rien,
leur disait-il tristement ; c'est M. Priou qui est
seul le maître.

Ce que je m'en suis servi de ce malheureux
cachet! C'était au moment de l'occupation pru-
sienne, les trois quarts des habitants se hâtaient
de quitter la commune pour se soustraire aux
vengeances des soudards allemands ; même des
anciens conseillers municipaux s'étaient em-
pressé de déguerpir ; en me laissant seul ils espé-
raient me voir aux prises avec nos ennemis qui
un jour ou l'autre ne manqueraient pas de me
fusiller ou de m'emmener prisonnier. Mais je
n'avais peur de rien ; je savais à l'occasion ré-
sister à leurs exigences quand elles me paraissaient dépasser les bornes. Grâce à ma fermeté
calme et froide je sus éviter bien des gaspillages
et bien des malheurs.

Celui qui souffrit le plus, pendant les onze
jours de l'occupation prussienne, ce fut mon adjoint
M. Benoin qui fut représenté comme un démocrate enragé par les mauvaises têtes de la commune et comme le pire ennemi des brutes alle-
mandes.

Les prussiens ne tenaient aucun compte des
observations qu'il pouvait leur faire quand ils

allaient réquisitionner à Thoré et dans les environs. J'aurais dû chaque jour passer le Cher pour mettre la paix et tout ordonner. Mes devoirs me retenaient au centre de la population où les intérêts à débattre étaient plus considérables. Cependant j'eus pitié de mes amis de Thoré, et, une fois j'eus soin d'envoyer, munis de bons de la mairie, des cavaliers ennemis à Thoré, avec injonction de ne réclamer que les objets indiqués sur les bons, avoine, argent, suivant la valeur que j'avais fixée. La population de Thoré et mon adjoint, en particulier, m'ont toujours su gré de mon heureuse intervention.

Au lendemain du départ des prussiens, toute la bande des fuyards revint dans la commune. La commission administrative se mit en devoir de faire le compte général et le compte particulier des réquisitions et des dégats subis par chacun. Nous nous tinmes en permanence à la Mairie. Des scènes de haut comique, se produisirent; l'un a eu du foin volé, l'autre réclame un lit de sangle cassé, un troisième veut une indemnité pour la queue de son vase de nuit brisée.

La Commission administrative a su dresser tous les comptes au contentement général, ce qui n'était pas chose facile, l'égoïsme dominant de beaucoup le patriotisme.

Puis vint l'examen du budget, examen laborieux. Tout fut examiné du commencement à la fin, avec un soin scrupuleux. Le secrétaire de la mairie se prit à faire la grimace; les articles qui le concernaient nous paraissaient obscurs. Mon diable d'adjoint scruta tous les chapitres.

Le secrétaire avait tant... par an, tant pour l'entretien du mobilier de l'école... tant pour le chauffage de la mairie... tant pour l'éclairage... tant pour les fournitures des enfants indigents...

Or, l'entretien du mobilier était presque nul, le chauffage se réduisait à zéro puisqu'il ne faisait jamais de feu, l'éclairage se réduisait à quelques chandelles, et les fournitures, toutes les fournitures étaient payées par les parents.

Le citoyen Martin Renard vint me trouver et me parla d'une somme relativement importante que lui réclamait l'instituteur pour fournitures scolaires.

— Mais vous ne lui devez rien, lui dis-je, il est payé par la commune.

C'est maître Badiller qui n'a pas été satisfait.

Eh! oui, je voulais voir clair, je voulais arriver à des régularités qui déplaisaient aux privilégiés.

Au moment de la tourmente j'étais allé voir M. le préfet Durel et je lui avais résolument exprimé mes intentions, relatives surtout au budget. Je lui avais demandé l'autorisation de faire imprimer le budget communal, afin d'en envoyer un exemplaire à chaque électeur ; je voulais que tout citoyen fut en mesure de contrôler les actes du conseil municipal et de savoir où passait l'argent qu'on lui tirait de sa poche.

— Mais, faites imprimer, me répondit M. Durel, votre idée est excellente, les électeurs ne verront jamais assez clair.

Sur ces entrefaites, l'orientation gouvernementale change, M. Durel est remplacé par M. Decrais, le jour par la nuit. Le nouveau préfet me fait venir pour savoir comment marchaient les affaires à Civray. Je lui fournis tous les renseignements qu'il désire, puis je lui parle de l'impression du budget pour chaque électeur.

— Oh! gardez-vous bien de cela, me dit-il, ce n'est ni dans vos attributions ni dans les miennes.

— Mais, lui répondis-je, nous en paierons les frais de notre poche.

— N'importe, ne faites pas imprimer, c'est contraire à la loi.

J'ai dû me soumettre, tout en protestant et tout en déclarant que je ne resterais pas à la mairie dans de telles conditions.

Le lendemain je reçois du préfet la lettre suivante m'invitant à remettre ma place ou plutôt mes pouvoirs entre les mains de celui qui avait eu le plus de voix en 1870.

Tours, le 17 avril 1871.

Monsieur,

La loi municipale instituant des administrations provisoires jusqu'au renouvellement des conseils municipaux, je viens vous prier de vouloir bien remettre vos fonctions entre les mains du premier conseiller municipal élu en 1870.

Je ne veux pas me séparer de vous, monsieur, sans vous remercier du concours patriotique que vous avez prêté à l'administration, dans des circonstances particulièrement difficiles.

La France n'est pas au bout de ses épreuves. Mais avec le concours de tous les bons citoyens comme vous, monsieur, dévoués au pays, elle ne tardera pas à retrouver l'ordre, le travail, la prospérité et conservera sa liberté.

    Agréez, Monsieur, etc...

               Le Préfet

               Albert Decrais.

Le Préfet Decrais m'envoyait de l'eau bénite de cour. Je le gênais évidemment, je gênais ses amis les réactionnaires ; il fallait bien arrêter le progrès qui paraissait vouloir se manifester. Comment, la commune de Civray avoir l'audace de vouloir faire des réformes ! C'en était trop.

Nous remîmes nos pouvoirs aux préférés de M. Decrais et nous nous préparâmes aux élections municipales, sans cependant nous abaisser à courir après les électeurs, sans surtout tenter de les corrompre par des promesses mensongères et par des libations déshonorantes. Nous n'avions qu'un but : savoir le nombre des vrais républicains, des vrais démocrates de Civray.

Voici les principaux points de notre profession de foi :

1° Tous les ans, le budget de la commune inscrit sur un tableau détaillé sera adressé à chaque électeur...

2° Tous les travaux au-dessus de 100 fr. seront donnés à l'adjudication...

3° Chaque dimanche de midi à deux heures, un registre sera ouvert à la mairie pour recevoir les observations et les réclamations des électeurs...

4° L'instruction sera gratuite, obligatoire et laïque...

5° La séparation des Eglises et de l'Etat et la suppression du budget des cultes seront votées par les pouvoirs publics...

6° Deux ou trois fois par an, aura lieu à la mairie, une réunion de tous les électeurs pour examen des affaires de la commune. Les électeurs seront consultés sur les affaires importantes.

Nous avons eu la satisfaction d'obtenir 64 voix sur 400 électeurs. Des gens superficiels trouveront peut-être que 64 voix c'est peu. C'était beaucoup pour cette époque. Aujourd'hui Civray compte plus de cent citoyens vraiment démocrates et socialistes. Et si les pouvoirs publics, n'avaient pas entravé le mouvement en avant, Civray verrait plus de 300 citoyens lancés dans la voie de la République Sociale.

A l'aide d'une propagande scandaleuse le Conseil de 1870 fut réélu et le sieur Godeau François, le plus riche de la commune, fut nommé maire.

C'était un type, un vrai type paysannesque que ce Godeau! Au point de vue politique il était bonapartiste dans l'âme, mais il affectait des airs de républicain afin d'avoir les faveurs de la préfecture. Pour obtenir la majorité il avait fait valoir les services qu'il rendait à une foule de pauvres diables auxquels il avait prêté de petites sommes à de forts intérêts. Au point de vue humanitaire, Godeau était richement doté. Sa mère un jour tombe malade, il s'empresse de la mener dans un tombereau voir le grand médecin à Tours. Mais par malheur la pauvre vieille mourut à La Ville-aux-Dames — elle avait été tellement cahotée ! — Pour ne pas fatiguer le cadavre il ne voulut point le ramener à Civray; c'eût été irrespectueux et peut-être très coûteux; il le fit ensevelir à La Ville-aux-Dames ! Il revint à Civray avec le souvenir de sa mère. Ça lui suffisait, il était exempté de la fatigue de porter des fleurs sur la tombe !

Godeau avait un vieil oncle nommé Besnard qui demeurait près de la fontaine de Vaux et qui possédait une petite fortune d'environ 30.000 francs, sans compter une dose d'intelligence qu'on pouvait évaluer à zéro. Il avait deux héritiers, Godeau le maire et un autre neveu nommé Foucher, ce dernier avait six enfants. Godeau avait dit au vieil oncle :

— Donnez-moi tout, je n'ai qu'un enfant une fille, Foucher en a six. Votre bien serait trop divisé.

Et l'oncle Besnard avait tout donné à Godeau. Mais il vint un rejeton nouveau à Godeau; sa femme lui fit cadeau d'un fils. Grand désespoir du maire ! Il prenait souvent sa petite fille dans ses bras et lui disait en la caressant :

— Ma pauvre petite, tes pièces de cent sous sont tombées à cinquante !

Heureusement le petit garçon ne vécut pas ! La première venue eût tout !

Mœurs remarquables !

Le premier soin de Godeau fut de nous faire sentir à mon père et à moi qu'il était maire. J'avais eu l'audace inouïe d'être maire pendant l'occupation prussienne ! C'était un crime qu'il fallait rudement châtier. Il n'y manqua point, aidé dans cette besogne par le sieur Louis Métivier qui fut maire après lui.

Ce qui le révolta cependant, au milieu de son triomphe, ce fut de voir le citoyen Desnoues, fervent démocrate, nommé trois fois comme délégué du conseil pour aller nommer les sénateurs. Godeau fut tellement vexé de se voir dédaigné trois fois par les conseillers municipaux qu'il donna sa démission !

Il subit bien d'autres humiliations.

Un jour l'archevêque de Tours vient donner la confirmation à Civray; Badiller l'instituteur s'empresse de faire un discours que le maire doit lire au prélat ; le malheureux Godeau mit plus d'une demi-heure à débiter son compliment : il ne pouvait jamais venir à bout de tourner les feuillets.

— Attendez, disait-il, Noute seigneur, y en a encore !

Tout le monde riait à s'en tenir les côtes ! L'archevêque restait calme mais on voyait qu'il riait intérieurement ; d'ailleurs il se trouvait bien sous son dais, pendant que le monde grillait sous les rayons d'un soleil intense.

Mais ce qui humilia le plus le maire ce fut de voir, après la cérémonie, toutes les grosses têtes se rendre chez M. de la Brousse pour le dîner, pendant qu'on le laissait à la porte. De rage, il alla cacher sa honte dans ses vignes et planter des échalats avec son puissant maillet. Ce qu'il tapait sur ces têtes de bois !

Il chercha toutes les occasions de se venger de ma famille. Mon père possédait, près de la fon-

taine de Vaux, le long du petit ruisseau qui
tombe dans le Cher, une pièce de pré d'un hectare environ arrosée par l'eau de ce ruisseau.
Le maire fit tout ce qu'il put pour empêcher mon
père de déverser cette eau sur son pré ; il you-
lut prendre un arrêté et faire établir une régle-
mentation d'eau ; mais l'ingénieur que j'allai
voir et auquel j'exposai nos droits immémoriaux,
envoya paître le maire et maintint l'arrosage du
pré. C'était justice, le ruisseau n'avait pas un
kilomètre de parcours !

Le célèbre Godeau, hué par toute la commune
et chassé du conseil par les électeurs devenus
plus clairvoyants, mourut à Civray, après avoir
demandé d'être enterré à La Croix de Bléré, probablement pour ne pas faire bénéficier sa commune
d'une concession de terrain au cimetière !

J'ai la douleur d'être forcé de revenir à nos
querelles familiales. A cette époque mon père
avait acheté une superbe carriole avec un bel harnais. Ma femme était heureuse ; au lieu de traîner
nos enfants dans une petite voiture à bras, quand
nous allions à Francueil nous nous servions de
la voiture du papa ; elle ne tarda pas à comprendre que son espoir était vain ; mon père
nous défendit de nous servir de sa carriole. Il
alla plus loin ; il osa se mêler d'imposer à ma

femme les ouvrières dont elle pouvait avoir besoin pour la confection de ses corsages et de ses jupes. Ma femme raconta ces taquineries et ces vexations à ses parents; de là la colère de sa famille contre la nôtre : mon père et mon beau-père cessèrent de se voir.

Ces procédés odieux ne lui suffisaient pas, il lui fallait tenter de me faire mettre mal avec ma femme : tous les moyens lui semblaient bons. Sur les bords de la route, entre Vaux et le bourg, s'élevait une charmante petite maison habitée par une dame à la langue supérieurement effilée; elle avait chez elles toutes les photographies des messieurs qui allaient la voir; j'y vis un jour le portrait de mon père.

— Tiens, lui dis-je, voilà le limier. Cette dame a trouvé ce mot mauvais; elle m'en a toujours gardé rancune.

J'allais quelquefois chez elle lui emprunter soit des allumettes soit autre chose. Mon père en prit prétexte pour lancer contre moi devant ma femme des insinuations malveillantes; ça ne prenait pas; mais les coups de langue se répétaient si souvent que ma femme lui dit un jour :

— Mais occupez-vous donc de votre ménage et non du nôtre. Priou peut aller où il voudra, je ne suis pas jalouse.

La femme d'un garde-barrière au passage à niveau du chemin de fer qui traversait Vaux, était une habile ouvrière. Ma femme la prit pour lui faire faire ses costumes. Mon père entra en fureur et se prit à insulter cette pauvre femme de la plus grossière façon. Le chef du district fut obligé d'intervenir et de signifier à mon père d'avoir à mesurer ses termes et ses expressions. Mon père était au comble de l'exaspération ; il faisait une vie d'enfer à la maison ; ma mère ne pouvait se permettre de lui dire un mot, il l'aurait frappée. Ma femme m'engageait à le quitter et à aller habiter à Francueil, mais mes amis me conseillaient de rester chez mon père à cause de sa fortune qu'il aurait pu dissiper à notre préjudice.

Mon père avait des acolytes pour servir ses desseins. Au premier rang se trouvait un nommé Pierre Desnoues dont la conscience possédait une élasticité merveilleuse.

Un jour ce Desnoues rencontre ma femme et lui dit avec un ton larmoyant.

— Je vous plains, ma pauvre dame, votre mari fréquente des personnes indignes.

— Vous croyez, lui répondit ma femme.

— Hélas ! oui, il y a deux jours, vers neuf heures je l'ai aperçu de loin sur un tas de paille avec la garde-barrière.

— Vraiment ! vous devriez rougir de honte, car le soir que vous indiquez mon mari et moi nous nous sommes couchés à sept heures.

Tête de Desnoues !

A Bléré, habitaient deux personnages grands amateurs du vin de Vouvray que mon père avait dans sa cave. Chaque fois qu'ils passaient à Vaux chez mon père ils s'arrêtaient pour se faire arroser le gosier, leur gosier toujours desséché. Douanel et Belluot, pour remercier mon père de ses libéralités, devaient servir ses intérêts, voire même ses rancunes. Ils eurent le triste courage, pour ne pas dire la vile bassesse, d'aller trouver M. Desbranches, chef de district et de le prier de changer le garde-barrière dont la femme mettait la division dans une honorable famille, la famille Priou, en débauchant le fils, marié et père !

M. Desbranches, convaincu par de si éloquentes affirmations, se rendit auprès de M. Ratel l'ingénieur de la Compagnie d'Orléans afin d'obtenir le changement du garde-barrière. M. Ratel venait précisément de recevoir du garde-barrière une lettre lui donnant tous les détails relatifs à cette affaire et lui fournissant la preuve de la mauvaise foi de ses accusateurs. M. Ratel comprit.

— Monsieur Desbranches, lui dit-il, j'ai l'habitude de n'ajouter foi qu'à des déclarations écrites; en conséquence, la prochaine fois que vous entendrez des plaintes contre un des employés de la compagnie, ayez soin d'inviter les auteurs à vous les donner par écrit; si ce qu'ils dénoncent est vrai ils n'hésiteront pas à l'écrire; s'ils mentent, vous les verrez refuser catégoriquement.

La justesse de ce conseil ne tarda pas à se montrer dans toute son évidence. Un jour que M. Desbranches rentrait de Tours par le train, nos trois compères l'abordent et renouvellent leurs accusations.

— Très bien, messieurs.

Il les conduit chez lui et leur montrant la lettre de M. Ratel :

— Voici, du papier et une plume; écrivez
vos dénonciations.

Têtes de Desnoues, de Douanel, de Belluot !

— Ainsi vous refusez. Je vois clair. Sortez
votre conduite est indigne !

C'est ainsi que devraient toujours être traités
les vils calomniateurs !

Mon père dut ronger son frein ; ne pouvant
plus rien contre le garde-barrière il se tourna
contre nous et donna à ses colères une nouvelle
intensité. Il s'en prit surtout à ma femme. Comme
elle était un peu anémique elle avait besoin
de soins et de ménagements. Le matin je partais
de bonne heure à mon travail, à quatre heures
dans l'été ; ma femme restait quelque temps au
lit. Que faisait son beau-père? Dès que j'avais
quitté la maison, il entrait dans la chambre de ma
femme sous prétexte de prendre de ses nouvelles,
il s'asseyait et se mettait à causer, de façon à
l'empêcher de dormir. C'était intolérable ! Je le
priai de respecter le sommeil de ma femme.

— Mais elle n'est pas malade ; elle fait des manières. D'ailleurs le serait-elle que je veux avoir
le droit d'entrer chez elle quand ça me plaira ;
vous êtes chez moi ici.

Je fis faire une clef, ma femme se renferma
dans sa chambre. Que fit-il ? Il prit une pierre et
se mit à battre la porte en jurant et en ameutant
les voisins. Ma femme en vint à ne plus vouloir
lui parler et à me prier de la laisser se rendre
chez ses parents. Le pouvais-je ! Pouvais-je
quitter cette maison où j'avais tous mes intérêts,
où me retenait la tendresse de ma mère?

Un jour de mardi gras ma femme avait invité chez nous quelques amis, elle avait eu soin de laisser son persécuteur à l'écart, il habitait à cent mètres de notre maison. Deux heures avant de nous mettre à table nous le voyons arriver armé d'une fourche en lançant des imprécations effroyables.

— Ah! vous faites carnaval sans moi! C'est ce que nous allons voir!...

Ma femme, étant liée d'amitié avec Mme Vengeon, n'eut d'autres ressources que de porter chez cette dernière ses plats, ses assiettes, tous ses mets et desserts. Son beau-père, ennemi juré de Vengeon, vint jusqu'à la porte avec sa fourche, mais les domestiques l'invitèrent à déguerpir, sans quoi ils allaient le chasser brutalement. Il se retira furieux et ne pardonna jamais à Vengeon lequel d'ailleurs se réjouissait des sottises et des emportements de mon père.

Quant à ma femme, ces vexations altérèrent gravement sa santé qui s'en alla baissant de jour en jour, malgré les soins et les attentions que je lui prodiguais.

Après ma femme vint le tour de mon fils qui venait d'atteindre sa treizième année. L'enfant faisait de rapides progrès à l'école, car il avait de grandes dispositions pour le calcul et les sciences exactes. Un jour, mon père me dit :

— Tu sais, ton fils, a treize ans, il sait lire, écrire et compter, je veux qu'on le retire de l'école.

J'objectai que l'instruction sert toujours et que mon intention était de le laisser à l'école jusqu'à quinze ans.

Je crus qu'il allait me dévorer. Je dus céder pour avoir la paix. D'aucuns vont me blâmer de ma longanimité. Je mérite peut-être, en effet, des reproches, mais plus d'un eût été embarrassé à ma place, je craignais un malheur tant ses fureurs étaient emportées ; c'était mon père, pouvais-je me colleter avec lui?

L'enfant quitta l'école; mon père l'envoya, avec son domestique, piocher sa vigne et commença à lui donner des conseils d'une étrange nature.

— Si tu veux suivre mes avis et dédaigner les ordres de ton père et de ta mère je te donnerai beaucoup d'argent.

Ni ma femme ni moi n'avions assisté à la conversation, mais nous fûmes tout surpris de voir le gamin jouer avec les pièces de cent sous. Un jour un de ses camarades m'aborde et me dit :

— Dites donc, monsieur Priou, j'espère que vous êtes généreux!

— Comment cela !

— Hier au café, nous avons joué au trente-et-un et votre fils a perdu plus de 150 francs qu'il a payé. Il en avait des pièces de 20 francs!

Qu'on juge de notre désespoir! Pouvions-nous laisser notre enfant sous une telle influence? C'eût été un crime de notre part.

Je vais trouver un maître de pension de Bléré, j'arrête avec lui les conditions et huit jours plus tard j'y conduis mon fils. Il est bien entendu que l'enfant ne sortira jamais avec son grand-père et qu'au parloir on ne le laissera pas seul avec lui : je voulais le mettre à l'abri des mauvais conseils!

A cette nouvelle mon père entra dans une colère épouvantable. Le vendredi suivant, jour du marché de Bléré, il se rend à la pension et prie le directeur de lui confier l'enfant pour le faire sortir.

— Je le regrette, monsieur, lui répondit M. Dechezelle, mais aucun pensionnaire ne peut sortir les jours de classe : c'est le règlement de la maison.

— Au moins puis-je lui causer au parloir?

— Très volontiers.

Et l'enfant est conduit au parloir, mais le directeur assiste à l'entretien.

Les projets étaient déjoués. Mon père ne se tint pas pour battu. Le vendredi suivant, accompagné de Desnoues, son acolyte, il revient à la charge et insiste tant et si bien auprès du directeur qu'il obtint de faire sortir l'enfant pendant une heure. L'enfant en rentrant le soir, raconta à son maître que son grand-père lui avait conseillé de ne pas rentrer à sa pension et que, devant son refus, il l'avait engagé à s'évader en escaladant les murs du collège.

Heureusement que mon fils avait l'amour de l'étude. Il resta en pension et pût ainsi acquérir de multiples connaissances.

Hélas! l'adversité, la cruelle, allait me frapper bien douloureusement dans mes plus chères affections.

Ma femme ne s'était jamais remise de la peur et du froid que lui avait fait éprouver son beau-père, à l'époque du carnaval. Elle alla en s'affaiblissant, et, malgré les soins empressés, malgré les visites des médecins, elle mourut le 3 septembre 1875. Date fatale dans ma vie! Je perdais une compagne fidèle, mes enfants perdaient une mère dévouée.

Mon père parut s'en réjouir, car le lendemain de l'enterrement il se prit à démolir le lit où ma défunte tant aimée avait rendu le dernier soupir; il chantait à pleins poumons. J'étais révolté. Ah! si cet homme n'eût pas été mon père! Son cynisme ne s'arrêtait pas là, car il disait tout haut : si Priou mourait à son tour, ce serait un grand bien pour ses enfants, car il peut se remarier. Mon beau-père en disait autant de son côté et pour le même motif! J'étais bien partagé!

Ma fille Valentine était restée avec moi; les deux autres habitaient depuis longtemps avec leurs grands parents de Francueil.

Comme Valentine était active et travailleuse je la chargeai de faire l'ordinaire et de tenir la maison; je lui recommandai surtout de bien fermer les portes des chambres et de mettre la clef dans sa poche.

Je voulais empêcher mon père de fouiller dans les effets de ma femme, peut-être même d'en enlever quelques-uns pour m'accuser ensuite de les avoir enlevés moi-même. Mais un matin qu'il me savait parti au travail, il somme la fillette de lui donner la clef de mes appartements. L'enfant refuse, il se jette sur elle et lui arrache la clef; ma fille s'empresse de venir me raconter l'histoire; je quitte mon travail, je lève la serrure, je la porte au serrurier, je fais changer les gardes avec une autre clef. Le lendemain, après mon

départ, mon père qui avait gardé la clef, vient
pour ouvrir la porte, mais sa clef, ne tourne pas ;
son désappointement est à la hauteur de sa rage ;
il invective l'enfant. Deux jours plus tard il re-
nouvelle la scène de la première fois, et lui enlève
la nouvelle clef en la traitant des noms les plus
odieux. Pouvais-je laisser ma fille exposée à ses
brutalités ? Je la prends et je la conduis à Francueil chez mon beau-père qui avait déjà les deux
plus jeunes. J'étais ainsi privé de mes quatre
enfants, de leurs caresses, de leurs baisers. Je restais seul au village de Vaux où me retenaient des
intérêts majeurs, seul avec ce père que j'aurais
voulu aimer, mais que je ne pouvais que détester !
Ma mère me retenait, elle que je voyais de plus
en plus malheureuse, elle qui souffrait de voir
tous les vilains drôles que son mari amenait à la
maison pour ripailler. Mais les vexations allèrent
en augmentant. Le facteur arrivait toujours à
l'heure où j'étais au travail, il remettait mes correspondances à mon père lequel ne me remettait
que celles qu'il voulait bien ; pour les autres, il
allait les faire lire par son ami Desnoues. Mes
amis me disaient souvent :

—Nous t'avons écrit ; pourquoi ne nous as-tu
donc pas répondu ?

Je me plaignis au facteur, mes plaintes furent
inutiles ; mon père le payait plus cher que moi.
J'aurais pu porter plainte au directeur des
postes. Ce n'a jamais été dans ma nature de faire
de la peine à qui que ce soit. Je préférai souffrir
et quitter le toit paternel. C'est fini.

Je loue une petite maison à deux pas de celle

de Vengeon, je lui marchande du travail, j'en fais aussi pour mon beau-père, je parviens à gagner juste ma vie. Je suis contraint de me priver; n'importe, je suis tranquille; je vis avec simplicité, sobriété, économie; je ne suis ni joueur, ni chasseur, ni pêcheur; je ne garde qu'une habitude celle de fumer : mes idées noires s'envolaient en spirales, c'était ma seule distraction.

Mais si j'étais tranquille, ma chère mère était de plus en plus malheureuse; elle qui aimait tant mes enfants elle était privée de les voir, de les embrasser, de se réjouir de leurs ébats; elle ne pouvait se faire à l'idée de ne plus m'avoir auprès d'elle, car j'étais son idole. Aussi chaque fois qu'elle allait conduire sa vache aux champs, s'arrêtait elle devant ma maison et la vue de mes volets fermés lui arrachait des larmes; elle se disait: mon cher fils est peut-être malade ! il est peut-être mort ! Elle envoyait souvent quelqu'un prendre de mes nouvelles, car elle n'osait parler aux Vengeon que son mari haïssait mortellement. Il vint un temps où ma mère ne put supporter plus longtemps mon absence; elle fit à ce sujet des reproches à son mari, si bien que celui-ci blâmé par tout le monde, fut obligé de céder devant l'opinion publique; il chargea Duportal III, un de ses rares amis, de tenter de me ramener à la maison, en me faisant les promesses les plus avantageuses, en m'assurant que je serais libre de faire ce que je voudrais, en me déclarant que je serais le maître, parce qu'il était trop vieux pour diriger ses affaires.

Je cédai.

Je rentre, un grand dîner m'attend, mon père m'embrasse et me déclare qu'il est heureux de me retrouver. Le lendemain il me prie de mettre de l'ordre dans ses affaires, dans ses comptes, de vérifier ses quittances, de détacher ses coupons, de toucher ses intérêts arriérés, de faire les comptes avec ses vignerons...

Pendant le temps que j'avais été séparé de mes parents, j'avais beaucoup écrit et beaucoup voyagé dans les contrées environnantes. Je dois le dire et l'avouer je me trouvais bien seul; aussi, malgré la douleur que j'avais éprouvée de la mort de ma femme, j'avais pensé, au bout de huit mois, à me remarier. D'aucuns vont me blâmer; qu'ils le fassent, mais, à mon avis, l'homme n'est pas fait pour rester seul, il lui faut une compagne légitime parce qu'il lui faut un amour au cœur. C'est vrai pour tous, c'était surtout vrai pour moi qui ne pouvais vivre avec mes enfants dans la maison paternelle.

Je connaissais depuis longtemps une femme devenue tristement célèbre par la mort de son mari qu'elle avait tué par quatre coups de revolver. Je n'ai pas à la juger au sujet du drame qui a amené cette catastrophe. Avait-elle eu raison? Je n'approfondis rien! Tout ce que je sais c'est qu'elle était méprisée de toute la contrée, elle et sa mère qui avait été mêlée à ces tristes évènements.

Avant de poursuivre ce récit je tiens à faire une observation. En général, des écrivains plus fantaisistes que réalistes, écrasent les habitants des villes et font de pompeux éloges des habi-

tants des campagnes. Le citadin est un être per-
verti par nature, le campagnard est le modèle
des vertus patriarcales. Le citadin est débauché,
brutal, vindicatif; le campagnard est doux,
patient, désintéressé! Erreur que ce tableau
menteur! Il faut que ce livre montre bien la
campagne sous son véritable jour. L'humanité
avec son cortège de perversions, se retrouve partout, se vaut partout. Cette histoire est la preuve
de la réalité de ces affirmations.

Je poursuis.

Cette femme avait été arrêtée; mais que s'était-
il passé dans le cabinet du magistrat, je ne le
saurais dire; tout ce que je puis avouer c'est
qu'elle avait trouvé un véritable protecteur.

— Il m'a sauvée, me disait-elle souvent. Si
vous vouliez, ajoutait-t-elle, nous irions le voir
et le remercier.

Elle était passée aux Assises et avait été ac-
quittée. L'avait-elle été aux yeux de l'opinion
publique?...

Elle était lancée dans la dévotion; elle portait
toujours sur elle une médaille qui lui avait été
remise, m'avait-elle dit, par le grand vicaire Mal-
mouche — gardez-là toujours sur votre cœur, lui
avait dit le tonsuré, ça vous portera bonheur!

A force de me moquer de sa médaille elle finit
par la faire disparaître. Sa dévotion n'était que
superficielle comme celle d'une douzaine de dévotes de Nazelles sa commune. Pauvres femmes!
quand comprendront-elles que leur véritable
grandeur consisterait dans le mépris de toutes
ces superstitions et de toutes ces sottes pratiques!

Mais à la perversité secrète cette femme se joignait une astuce hypocrite rare dans nos campagnes. Par je ne sais quelle fatalité, je m'étais attaché à elle, ne soupçonnant pas les noirceurs de sa nature ni les désordres de sa vie intime. Elle avait un ami qui paraissait occuper dans sa vie une place considérable, le nommé Henri, maire de Dierres, son beau-frère par alliance puisqu'il avait épousé la sœur de feu son mari. Elle semblait singulièrement attachée à ce personnage qui, d'ailleurs, était le tuteur de ses deux enfants. M. Henri était d'ailleurs un homme fort honorable.

Les relations réitérées qu'elle avait avec cet homme m'avaient paru étranges.

De tous côtés me revenaient des bruits singuliers qui m'éclairaient pour mes projets.

L'exposition de 1878 arrive. Je lui propose de la visiter avec elle; elle m'objecte que le monde jaserait sur notre compte, que nous avions le temps de nous promener quand nous serions mariés.

— D'ailleurs, ajoute-t-elle, comme le monde commence à causer au sujet de nos relations, si vous le voulez nous allons être deux mois sans nous écrire ni nous voir !

Je cherchai l'explication de la conduite d'une femme qui me déclarait qu'elle était disposée à se marier avec moi. Je fus vite renseigné. Quinze jours plus tard je rencontre le domestique d'Henri au marché de Bléré.

— Vous savez la nouvelle?

— Laquelle?

— Célestine est partie à l'Exposition avec mon maître.

J'étais renseigné. Je rompis désormais toute relations avec cette femme.

***

Une fois rentré chez mon père j'avais eu m'occuper de lui placer les sommes important qu'avait produit la vente de son vin en 1875 e 1876.

Je trouvai l'occasion de rentrer dans mes fond par un moyen qui ne peut être taxé de malhon nête. Dans le courant de décembre 1880 je plac 4.000 francs, et dans le courant de janvier je plaçai 4.000 autres francs; le tout sur la cais des retraites pour la vieillesse, mais au lieu d placer ces 8.000 francs en son nom je les plaça au mien. Il fut longtemps à ignorer ce stra gème, il ne l'apprit que lorsqu'il voulut me déshériter, moi son fils unique.

Aussi dans quelle colère ne se mit-il pas quand il apprit la vente. Il n'y avait rien à faire, il fal lait me laisser en possession de cette somme que j'avais su habilement soustraire à son inique rapacité!

En 1876 ou 1877 a eu lieu le mariage de ma seconde fille Valentine avec un nommé Gallicher, jeune homme à figure patibulaire et à parole mielleuse. — Je me suis toujours défié de ces dehors de bonnasserie, la suite prouvera que je n'ai pas eu tort. — Les grands parents, père et beau-père avaient eu l'audace de me demander quelle somme je donnais en mariage à ma fille.

— Je donne le montant de ce que j'ai gagné en travaillant pour vous.

Ils ont compris ma réponse. Mais il fallait que je signasse le contrat ; c'était là un point embarrassant pour eux. J'ai consenti à signer mais à la condition que les 2.000 fr. — ils donnaient chacun 1000 francs — soient imputables sur mon contrat de mariage qui ne portait pas donation. Ils durent en passer par ma volonté et reconnaître par là que je comptais pour quelque chose aux yeux de mes enfants.

A l'époque où j'en suis de ce récit la commune de Civray avait pour maire un nommé Louis Métivier un sincère républicain, un loyal et généreux garçon, mais un caractère autocrate et dominateur. Il se posait en littérateur et en poëte ; il composait des chansons devenues populaires dans la contrée. Métivier était un anticlérical enragé : il fallait qu'il mangeât du curé, aussi tous les cléricaux de Civray le détestaient.

Un jour mon ami Chartier me dit :

— Je te parie faire aller, avant six mois, le maire Métivier à la messe.

4

— Comment cela ?

— Nous n'avons qu'une chose à faire c'est d'y aller nous-mêmes. Il tient à nous imiter. Il se laissera prendre au piège.

Trouvant la condition ridicule, je refusai longtemps, mais devant l'obstination de Chartier je cédai et le jour de Noël nous nous mêlâmes à la foule ; ce que notre présence fut remarquée ! Tout le monde en parla. Les dimanches qui suivent nous continuons. Le jour de Pâques arrive. Que voyons nous ? Métivier entrer à l'église et se camper superbement la tête couverte d'une petite calotte noire, à la mode des enfants de chœur : il était chauve ! Ce que nous avons ri ! Chartier avait gagné son pari !

Le curé nous avait remarqué à l'église et avait été tout fier de nous y voir. Ce n'était pas un mauvais diable que le curé Auguste Duval ; son caractère était d'une placidité remarquable et son gosier d'une sécheresse désespérante : le jus de la treille de Civray est si capiteux ! Heureux de nous voir devenus dévots, il se plaisait à diriger ses promenades du côté de la demeure de Chartier et de la mienne ; là, en vidant, comme dit Rabelais, le *piot*, le grand *piot*, nous parlions religion et politique. Le curé était très accommodant ; il n'y a rien qui rapproche comme de trinquer, surtout quand le vin est bon et qu'on avale de bonnes rasades.

Au fond, le brave curé se fichait pas mal de nos opinions et de nos croyances. Il ne demandait qu'une chose : vivre en paix dans son presbytère avec une table abondamment servie.

Mais les cléricaux intransigeants, plus papalins que le pape, ne lui pardonnaient pas les relations qu'il avait avec nous, et, se croyant dédaignés ils sont arrivés, à force de dénonciations, à le faire partir de Civray ! C'est ainsi que les bigots pratiquent la charité dans notre belle commune. La haine des dévotes n'a d'égale que leur bêtise ! Au curé Duval a succédé un triste sire qui a été chassé de la commune et est allé se faire arrêter à Troyes comme sodomite et attraper une condamnation à cinq ans de réclusion par les assises d'Indre-et-Loire.

Le propre monde !

———

De graves difficultés allaient surgir à nouveau au sein de ma famille. Mon beau-père mourut subitement. Malheureusement il n'avait pas de contrat de mariage avec sa femme et il n'y avait pas de donation entre eux. Comme tuteur de mes enfants je dus m'occuper tout spécialement de cette affaire assez délicate.

Ma belle-mère me craignait parce qu'elle avait conscience des malices dont je pouvais me souvenir. Elle alla prendre conseil chez M. Durand son notaire, à Francueil. J'attendis leurs propositions. Le notaire nous conseillait de laisser les choses dans leur état actuel ; ma belle-mère continuerait à faire valoir la propriété et j'irais de temps en temps donner un coup d'œil et un coup de main ; cette manière de procéder vaudrait mieux que la vente du mobilier et qu'une liquidation qui coûterait très cher. J'acceptai ces propositions sans défiance, mais j'appris le lendemain l'astucieux projet que le notaire conseillait à ma belle-mère : demandez la liquidation la première ; vous aurez l'avantage de la faire durer pendant trois ou quatre ans, et, pendant ce temps vous resterez dans vos bâtiments. Ce qu'il enragera votre gendre !

Ce notaire n'avait qu'un but, nous faire plaider et remplir sa caisse de nos dépouilles !

Mais le lendemain j'ai la chance de rencontrer, à Bléré, M. Séguin agent d'affaires à Montrichard.

Je lui raconte l'affaire.

— Hâtez-vous, me dit-il, de demander la liquidation le premier, si vous voulez éviter un procès et des frais considérables ; le notaire veut vous flouer l'un et l'autre ; c'est de toute évidence. Sans désemparer nous adressons la demande en liquidation à M⁰ Roux avoué à Tours, il la reçoit le samedi matin par la poste. Le même jour à sept heures du soir M⁰ Martin, huissier à Bléré m'apportait l'acte de liquidation dressé par M⁰ Coursière, avoué, au nom de ma belle-mère. Le lendemain, à la première heure, j'arrivais à Montrichard chez M. Séguin et je lui montrais l'acte.

— Avais-je pensé juste, s'écria-t-il indigné. Allez à Tours par le premier train et voyez M⁰ Roux afin qu'il se présente le premier au greffe dès que les bureaux en seront ouverts.

Me Roux arrive à 9 heures du matin, Me Coursière était là depuis cinq minutes ! J'allais être roulé. Heureusement que ma demande en liquidation était datée d'un jour plus tôt que celle de ma belle-mère Me Roux passa le premier. De cette façon les choses ont suivi un cours régulier, la liquidation a coûté 1.500 francs, nous n'avons pas plaidé, ma belle-mère est restée à faire valoir et je lui ai affermé la part de mes enfants. Ce fut Durand qui fit une tête ! Il était d'autant plus furieux qu'il avait préparé toutes ses batteries, il avait eu soin d'avertir son ami Coursière l'avoué, lequel avait informé son ami Carré l'avocat de la bonne aubaine qui allait grossir leur caisse. Me Carré avait eu soin de noter l'affaire sur son carnet en inscrivant les noms des deux partis à plumer. Le plus curieux de l'aventure, c'est que deux ans après la liquidation à l'amiable, Me Carré — un pur, un intègre, ils le sont tous ! — écrivit à ma belle-mère de passer à son cabinet pour avoir à lui payer la somme de cent cinquante francs, pour plaidoiries faites par lui contre son gendre.

Ma belle-mère accourt me montrer la lettre et me prie d'aller à Tours voir cet étrange quémandeur. J'y pars le lendemain et je vais trouver l'éloquent défenseur d'une cause qui n'avait jamais paru même au tableau.

— Cependant, me dit Me Carré d'un air sérieux, Me Coursière m'a remis des dossiers !

— C'est possible, mais nous n'avons jamais plaidé et vous ne pouvez demander d'honoraires pour une affaire qui a été traitée sans le secours de votre ministère.

— Allons, tenez; coupons la poire en deux; donnez-moi soixante-quinze francs et tout sera dit.

— Ça regarde ma belle-mère; arrangez-vous avec elle.

— Eh bien! tenez, donnez-moi trente francs, et il n'en sera plus parlé.

— Non, non, monsieur; je refuse absolument; au revoir. Si vous avez des droits faites les valoir.

Jamais nous n'avons entendu parler de Carré ni de ses 150 francs!

Je m'abstiens de toute réflexion. Au lecteur d'en faire s'il comprend la gravité de semblables procédés.

Mes déboires, au sujet de cette affaire, n'étaient pas finis; six mois après le décès de mon beau-père j'eus à payer 700 francs de droits de succession. Je dûs les emprunter, mon père ayant refusé de me les prêter, parce qu'il était mal avec ma belle-mère. Mes dettes grandissaient.

A cette époque arriva le mariage de ma fille aînée avec un nommé Alfred Bariller de la commune de Saint-Georges près de Montrichard.

Les 2.000 francs de dot que je dus donner furent imputables sur le contrat de mariage de ma défunte femme.

Ma mère étant toujours maladive je dus faire venir à la maison ma troisième fille Virginie; ce que la pauvre enfant endura de mauvais traitements de la part de mon père serait difficile à raconter. Mais ce qui était plus extraordinaire c'était que Virginie s'opposait à ce que ma mère me racontât, quand j'arrivais de travailler, les vexations que lui faisait subir son grand-père. La fille d'ailleurs se vengeait sur sa grand-mère qu'elle traitait avec la dernière rigueur. Je fis en vain des remontrances à ma fille; elle n'en tint aucun compte. J'en parlai à mon père.

— Que ceux qui ne sont pas contents s'en aillent, me répondit-il.

Mon fils, revenu de Bléré, était indigné de ces scènes odieuses.

Pendant ce temps Virginie était courtisée par un nommé Baptiste Jermain de Civray.

Ma pauvre mère, devenue dans sa maison, le souffre douleur de son mari et de sa petite fille, alla tout raconter à Vengeon II — ma mère était la tante de la femme de Vengeon — ce dernier, l'ennemi juré de mon père, conseilla à ma mère de demander la séparation de corps, et pour mettre en pratique son conseil, il la fit quitter Civray en cachette et la conduisit dans un hôtel à Bléré où ma pauvre mère pût vivre grâce aux 2.000 francs qu'elle avait su économiser.

Vengeon, heureux de voir la séparation commencée, part pour Tours et va trouver Me Bouchardeau, avoué. Vengeon se pressait parce qu'il était furieux de voir que ma fille Virginie préférait Baptiste Jermain à son fils, un jeune gars qui n'avait qu'une santé des plus délicates, pour ne pas dire des plus compromises : il avait été en garnison à Paris la ville de tous les excès.

J'ai dit que ma fille préférait Baptiste Jermain et... cependant... les langues racontaient certaines aventures qui avaient valu à quelqu'un le nom de Farineau...; sans doute, les langues exagéraient je veux le croire, n'ayant pas vu la main dans le sac. En tous cas ça ne me faisait pas plaisir !

C'est à cette époque que mon père, sur les conseils du notaire Jouteux, me parla de me louer, pour 18 années, toutes ses propriétés, au prix de 2.200 francs par an. Il ne se déterminait que parce qu'il craignait que la séparation d'avec sa femme ne le mit dans l'impossibilité de vendre avantageusement ses propriétés. J'acceptai. Pouvais-je refuser un marché qui me paraissait si avantageux, puisque les revenus annuels de ses biens se montaient à plus de 8.000 francs. Le contrat fut passé le 1er novembre 1880 pour prendre fin au 1er novembre 1898.

Hélas! Hélas! la fatalité me poursuivait; en 1881 je vendis en effet pour 8.000 francs de vin; mais ce fut pour moi la seule année avantageuse; toutes celles qui suivirent furent pour moi désastreuses, comme elles le furent pour tous les propriétaires de vignobles de la contrée. La ruine fit des ravages effroyables dans toute la vallée du Cher, le phyloxera fit baisser les propriétés de plus de moitié, il annula les revenus. À l'heure où j'écris ces lignes les conséquences de ce désastre se font encore douloureusement sentir.

Le mariage de ma fille Virginie avec Baptiste Jermain se fit au mois de décembre. Mon père fit une noce en diable; il fut cruellement puni. Au beau milieu du banquet, alors que la gaieté circulait avec le vin; tout-à-coup on voit apparaître la tête austère de l'huissier de Bléré

Martin ; il s'avance vers mon père.

— Je vous apporte, monsieur, lui dit-il, l'assi-gnation en séparation de votre femme.

Pierry le Rémouleur

Mon père pâlit, mais se dominant soudain :

— Bien, bien, Monsieur. Voulez-vous boire un coup.

L'huissier refusa et se retira.

C'était Vengeon qui avait préparé ce coup de théâtre.

Qu'était donc ce Vengeon et comment sa famille était-elle venue dans le pays? On raconte que les Vengeon sont originaires de l'Auvergne et qu'ils sont venus s'établir à Francueil en 1789 au moment de la grande révolution française; on ajoute — je ne garantis pas les faits ne les ayant pas vus — que la grand-mère Vengeon était une sans-culotte de la plus belle volée, et qu'elle se plaisait à briser à coups de triques les statues des saints dans les églises et à se soulager dans le bénitier. Ce ne serait pas surprenant, c'était de mode à cette époque. Cette

Vengeon II

patriote avait un frère nommé Pierry qui exerçait le métier de rémouleur ambulant, portant sur son dos tout son matériel avec sa machine qu'on appelait une drouine.

On raconte que, lorsque Pierry arrivait dans la commune le soir personne n'allait au devant de lui; on l'aimait autant au loin qu'au près! Pourquoi? Je n'ai pas à rechercher les causes de faits aussi lointains.

Vengeon Ier s'est marié à Civray avec une femme riche. Ce personnage a laissé une bonne réputation.: il était bon, paraît-il. Vengeon II, son fils, était loin d'égaler son père. Sa propreté était proverbiale à Bléré surtout quand on le voyait se nettoyer les orteils avec ses doigts avant de mettre ses grosses bottes ou quand il allait chez le coiffeur se faire raser sa barbe de quinze jours. Sa bonté d'âme égalait sa haute intelligence. Il s'était un jour permis de causer contre une respectable femme, madame Cormier, sous prétexte que cette personne empêchait une jeune fille d'épouser son fils Vengeon III; mal lui en prit, cher lui en coûta. Cormier furieux des diffamations lancées contre sa femme, assigna Vengeon en justice de paix et le fit condamner à 200 fr. Ce fut Me Victor Le Febvre qui défendit la cause de Cormier : tout Bléré était là pour applaudir l'éloquent avocat et pour huer Vengeon.

Cormier leva le jugement et le fit notifier à Vengeon lequel dut s'exécuter, aussi sa furie ne connut plus de bornes; il s'en allait répétant partout que Cormier avait reçu cet argent à propos pour acheter du fil de fer pour ses vignes et des robes superbes à sa femme... Pour confondre son ennemi, Cormier résolu d'employer

cet argent pour donner du pain aux pauvres de
la commune. Il chargea le maire et le curé d'en
faire la distribution. Cormier ne s'arrêta pas là ;
il rédigea une petite note dans laquelle il
invitait le curé à dire une messe du Saint-Esprit
en l'honneur de Vengeon, en engageant toute
la paroisse à y assister. Le curé, ne saisis-
sant pas la portée de cette note, en commença la
lecture du haut de la chaire ; à peine avait-il lu
quatre mots qu'un immense éclat de rire partit
de tous les points de l'église.

— Puisqu'il en est ainsi, termina-t-il, je vais
faire afficher cette note au-dessus du bénitier où
chacun la pourra lire.

Ce fut une procession, toute la commune
voulut aller voir cette drôlatique annonce. Mais
le soir l'affiche fut enlevée ! La messe avait été
annoncée pour le samedi suivant. Vengeon alla
trouver le curé et lui fit de telles menaces que
l'ensoutané ne dit pas la messe annoncée. Vengeon voulut mettre les rieurs de son côté. Le
vendredi il se rendit au marché de Bléré et acheta
un grand panier de charcuterie, boudins, saucissons.

— Cormier est un gueux, disait-il, il veut faire
manger du pain sec aux pauvres, moi je veux les
régaler.

Le samedi arrive, le maire et le curé font faire
la distribution de pain aux pauvres. Au même moment, le domestique de Vengeon, superbement
costumé, tablier blanc à la taille, manches relevées
jusqu'au coude, distribue aux pauvres les boudins
et les saucissons de son maître, pendant que le
maître lui-même leur servait de copieuses rasades

de vin généreux! C'était tordant! Toute la commune assistait à la double distribution. Le plus divertissant c'est que le domestique de Vengeon portait dans le dos une énorme pancarte au beau milieu de laquelle était dessinée une énorme tête de vache : chacun comprenait le sens de cette caricature

Qu'on vienne dire, après cela, que les paysans ne sont ni roublards ni méchants ! En campagne on ne pardonne pas ; on ne désarme jamais.

Vengeon III avait de l'ambition, mais sachant qu'il n'obtiendrait jamais lui-même les suffrages des électeurs, il décida son beau-père à faire une liste de conseillers. Hélas ! la liste fut battue à plate couture.

Vengeon, le lendemain des élections, envoya l'huissier chez tous les paysans qui lui devaient de l'argent et qu'il soupçonnait n'avoir pas voté pour la liste de son beau-père.

Que sera Vengeon IV ? L'avenir l'apprendra, car à l'heure où je trace ces lignes, le rejeton de cette illustre race n'a que cinq ou six ans.

Je reviens au fameux procès de séparation de mes parents.

Ma mère continuant à habiter à Bléré, je me rendais chaque semaine auprès d'elle pour essayer de la détourner de ses projets. Mais les conseils que je me promettais de donner à ma mère étaient contrecarrés par les pernicieux avis du

fameux Vengeon qui chaque semaine, lui aussi,
allait la tourmenter. Les gens de Bléré étaient
outrés de la conduite de cet homme. Se voyant
l'objet de l'aversion publique il renonça à ses visites mais il se fit remplacer par Coqueray,
agent d'affaires et Martin, huissier, tous deux de
Bléré. Vengeon sembla se désintéresser de l'affaire. Mais il la suivait réellement de très près.

Quand je vis ma mère elle m'apprit que ses affaires allaient prendre une bonne tournure et se
terminer en trois mois, attendu qu'elle avait
pour conseil deux hommes distingués M⁰ Martin
et M. Coqueray. J'appris quelques jours plus
tard par ma mère que son principal conseiller
était le fameux Coqueray lequel lui avait déclaré
qu'elle pouvait m'affermer la moitié de la propriété pour 2000 francs. Si j'avais accepté ce
marché — en supposant que ma mère gagnerait
son procès — j'aurais été dans une belle situation.
J'arrivais à peine à payer à mon père les 2.200
francs de la ferme de ses biens, tant les récoltes
étaient mauvaises depuis 1881.

Coqueray ne perdit pas de temps, il fit assigner vingt-quatre témoins, afin de donner un
grand retentissement à l'affaire. Quand mon père
l'apprit il entra dans une colère furieuse, il craignait d'avoir le dessous dans ce procès.

— J'envoie tout au diable, s'écria-t-il; fais ce
que tu voudras. J'ai des valeurs en portefeuille
qui me rapportent plus de 2.000 francs. Je m'en
contente. Débarbouillez-vous. Toi, ça te regarde.

Je m'empresse d'aller trouver mon défenseur
M⁰ Victor Le Febvre, dont les avis m'avaient été
si précieux dans maintes circonstances.

— Je vous plains, mon cher ami, me dit cet honorable avocat. Les gens qui conseillent votre mère ne poursuivent qu'un but faire durer ce procès 2 ou 3 ans, arriver à faire triompher votre mère et quand elle aura sa part la lui faire vendre.

Le procès coûtera de quinze à vingt mille francs ; la vente des biens rapportera de jolis honoraires aux agents d'affaires et aux hommes de loi. Bref, je suis certain, que tout terminé, votre mère sera réduite à la misère.

Je ne comprenais que trop la justesse de ces observations, aussi je fis tout mon possible pour empêcher la séparation.

Allez trouver les vingt-quatre témoins assignés, ajoute Mᵉ Le Febvre, et faites leur écrire et signer leur déposition; une fois en possession de cette pièce nous serons certains qu'ils ne se déjugerons pas à l'audience.

Je suivis ce conseil; je vis, les uns après les autres, les témoins assignés; je leur fit comprendre que ma mère ne s'obstinait à demander la séparation que sur les conseils de Vengeon.

— Chacun de vous, leur dis-je, a bien vu hélas! mon père frapper ma mère, mais si vous le dites au tribunal tout sera perdu pour nous.

— Nous dirons ce que tu voudras, me répondirent tous les témoins; nous ne vous souhaitons pas de mal.

— Je vous en remercie à l'avance.

Chacun des témoins écrivit sa déposition et l'apprit presque de mémoire afin de ne pas se contredire devant le tribunal. J'étais ravi. Je remis ces pièces à l'avocat de mon père.

— Notre cause est gagnée, me dit-il, pourvu

que tous les témoins sans exception déposent
comme ils ont écrit.

Me Roux, l'avoué de mon père, n'était pas con-
tent de ce que j'avais choisi M^e Le Febvre pour
avocat et de ce que j'avais osé en faire un éloge
pompeux et mérité; il aurait préféré me voir
prendre le fameux Carré. Je n'avais pas été si
sot, j'aurais préféré ne pas avoir d'avocat que
d'avoir ce Carré. C'est peut être pour le choix
que j'avais fait que Me Roux, cinq ans après la
mort de mes parents, m'a réclamé 400 fr. qui ne
lui auraient pas été réglés pour honoraires. J'ai
dû payer ces 400 francs, toutes mes protestations
ayant été inutiles.

Le procès en séparation de corps et de biens
s'appela devant le tribunal. A cette époque ma
mère avait quitté l'Hôtel des Trois Barbots où
Vengeon l'avait installée, elle avait loué une
chambre en ville; c'était moins dispendieux
pour elle. Mais elle était tellement souffrante
qu'il lui a été impossible de se rendre à Tours.
Les vingt-quatre témoins ont fait leur déposition
telle qu'ils l'avaient écrite; l'affaire a donc été
enlevée facilement surtout après la brillante plai-
doirie de Victor Le Febvre. Coqueray, l'agent
d'affaires, était furieux, il avait bien cru gagner là
cause de ma mère; mais sa fureur ne dura pas,
il s'empressa d'aller avertir ma mère en lui déclarant que la Cour d'Orléans lui donnerait gain de
cause et que pendant les quarante jours d'appel,
il allait s'occuper de trouver des témoins qui
testeraient en sa faveur.

Je me doutais des menées de cet agent d'af-

faires, aussi pour combattre ses pernicieux conseils je me rendis souvent auprès de ma mère afin
de lui démontrer qu'il était puéril d'aller en
appel. Ma mère était au désespoir; elle me déclara qu'elle ne rentrerait jamais avec son mari
après tout ce qu'elle en avait souffert tant de la
part de son mari que de la part de deux de mes
filles.

Je parvins cependant à la dissuader de rappeler à Orléans et à accepter une transaction;
mon père lui servirait une rente de cent francs
par mois qu'elle irait toucher chez M⁰ Jouteux
à la Croix de Bléré.

Le trente-neuvième jour du délai d'appel, j'arrive chez ma mère et je lui annonce que tout est
arrangé comme elle le désire.

— Cours vite, me dit-elle chez Coqueray et
déclare lui que je ne rappelle pas à Orléans;
j'en ai assez de Tours, du tribunal et des faux
témoins.

J'arrive chez Coqueray, il allait se mettre à
table; il ne se contient pas de joie de l'accord intervenu, il me serre les mains avec effusion en
me déclarant qu'on aurait dû faire cet accord
avant de plaider.

— Restez dîner avec moi, me dit-il, nous trin-
querons à l'heureuse fin de cette triste affaire.

Je le croyais sincère. Naïf que j'étais! Je ne
connaissais pas encore la rapacité des gens d'affaires! J'allais la voir dans toute sa monstrueuse
réalité.

Je suis à peine sorti de chez lui qu'il écrit à
M⁰ Bouchardeau l'avoué de ma mère une lettre
dont voici la substance :

Cher Maître,

Vous ne pensez peut-être pas que c'est le 40ᵉ jour d'appel du procès de Mᵐᵉ Priou; je me permets de vous le rappeler afin que vous formiez appel demain sans faute.

Signé : COQUERAY

Mᵉ Bouchardeau, heureux de voir le procès se poursuivre et de nouveaux honoraires tomber dans sa caisse, s'empresse d'envoyer à Civray un huissier de Tours.

Mon père, heureux de l'arrangement intervenu et ignorant les nouvelles coquineries de l'agent d'affaires, me prie d'aller le lendemain à Tours. Je pars par le premier train, j'arrive chez Mᵉ Bouchardeau et je lui annonce la bonne nouvelle.

— Ah! vous voilà, me dit-il, en me voyant; je viens d'envoyer un huissier à Civray.

— Pourquoi?

— Pour le procès de votre mère; c'est aujourd'hui le dernier jour d'appel, Mᵉ Martin, l'huissier de Bléré, serait arrivé trop tard. Je croyais l'affaire arrangée, je n'y pensais plus, votre mère a bien fait, me disais-je, de s'arranger car elle était aussi sûre de perdre à Orléans qu'à Tours.

— Mais ma mère ne rappelle pas.

— Pardonnez-moi; M. Coqueray vient de m'écrire au nom de votre mère, voici sa lettre.

Et l'avoué me tend la lettre de l'astucieux agent dont j'ai donné le sens plus haut.

Je raconte alors à l'avoué ce qui s'est passé, je l'informe de la résolution bien arrêtée de ma mère de ne pas continuer ce procès, de la démarche que j'avais faite auprès de Coqueray et de la joie qu'il avait témoignée en apprenant l'accord survenu.

L'avoué était démonté, il regrettait de m'avoir montré la lettre du fameux agent.

Quinze jours après ces faits, je rencontre le fameux Coqueray dans l'étude du notaire de La Croix, il vient à moi le sourire sur les lèvres et la main tendue — ces gens-là ont toutes les audaces et toutes les impudences! Je lui tourne le dos et devant lui je raconte au notaire les faits et gestes de cet homme. Il veut protester, je me lève et je m'élance pour le gifler comme il le mérite; il s'empresse de se sauver et de quitter La Croix.

Coqueray est un des grands personnages du canton de Bléré. Fils d'un paysan de Dierres il a appris à lire, à écrire, à compter; plus tard il a pris des leçons d'arpentage, ce qui l'a conduit à devenir marchand de biens. Sa popularité allant grandissant il s'est bombardé défendeur en justice de paix. Il était presque docteur en droit. C'était un grand homme! On le devient facilement dans nos campagnes; il suffit d'avoir la langue bien pendue et un toupet de tambour major. Le parlage tient lieu de science! Je ne sais ce qui est arrivé, toujours est-il, qu'aux plus beaux jours de sa gloire, il a quitté Bléré et s'est rendu à Montlouis pour y exercer le commerce de vins. C'était descendre! D'avocat devenir marchand de vins! Il a probablement compris que le commerce nuirait à sa gloire future il est rentré à Bléré où il a repris son premier métier. Je suis sûr que dans deux cents ans, nos arrière petits-fils lui élèveront une statue pour le récompenser des services immenses rendus aux infortunés plaideurs ! ce sera justice !

La méthode des agents d'affaires dans nos campagnes et des plus élémentaires.

Un agent d'affaires a toujours un permis de chasse ; il se promène, escorté de son chien fidèle, à travers les champs et les vignes ; un paysan, en discussion avec son voisin, l'aperçoit, l'interpelle, l'emmène chez lui, et lui raconte son différend.

— Allons ! mon brave homme, il faut de la conciliation. Cependant racontez-moi l'affaire.

L'agent ne désire que la paix !

Le paysan expose que son voisin avance tous les ans de quelques centimètres sur ses terres ; qu'afin de cacher son larcin il a dû, même, arracher la borne, puisqu'il ne peut plus la retrouver.

— Ah ! c'est différent ; il ne faut pas souffrir plus longtemps un pareil empiétement, si surtout les deux morceaux sortent d'une même souche.

— Oui, elles viennent de la même souche. Le mien a même été partagé deux fois.

— Eh bien ! appelez-le au juge de paix.

— Mais je n'ai pas l'habitude de parler devant ces messieurs, et lui prendra sûrement un avocat.

— N'ayez crainte, je défendrai votre cause. Je m'en charge.

L'affaire vient en justice de paix. L'agent se contente de la modique somme de 5 francs pour honoraires.

Une bagatelle!

Le juge remet l'affaire à quinzaine. Le paysan effrayé désirerait arrêter l'affaire; il redoute des frais.

— N'ayez crainte, apportez-moi vos titres; je vais dresser un plan et le soumettre au juge de paix; votre cause est gagnée d'avance. Coût : 10 ou 15 francs.

L'agent tient son client dans l'engrenage; il se rend au chef-lieu, chez son avoué de prédilection.

— Eh bien! cher maître, quoi de nouveau?

— Voilà, cher maître, je tiens deux paysans, l'un et l'autre fortunés; le juge de paix va se déclarer incompétent et nous allons vous les amener.

En effet, l'affaire vient devant le tribunal civil; les paysans mangent chacun un billet de mille francs, restent Grosjean comme devant et demeurent ennemis jurés pour le restant de leurs jours.

Ces agents d'affaires ont une autre spécialité. Un paysan a emprunté; il doit payer chaque année les intérêts du capital. Les années sont mauvaises, le paysan ne peut payer régulièrement ses intérêts; son créancier, toujours impitoyable s'adresse à un agent d'affaires.

— Je vais faire un tour par les propriétés de votre débiteur, je vous dirai ce qu'elles valent.

Quelques jours plus tard il rencontre le créancier :

— Nous pouvons marcher, lui dit-il, mais il faut se presser.

Il voit le débiteur

— Vous devez à un tel ; je n'ai qu'un conseil à vous donner, c'est de vendre, l'heure est propice ; autrement votre créancier est capable de vous poursuivre ; j'en ai entendu parler.

Si le paysan résiste, le créancier, conseillé et poussé par l'agent, lance l'huissier et la meute des hommes de justice. Les frais s'ajoutent aux frais, la procédure s'éternise, les remises succèdent aux remises ; tout est vendu par autorité de justice, c'est-à-dire tout est dévoré, et, le paysan perclus de douleur, rongé par la fatigue et par l'âge se voit réduit à la mendicité.

J'ai connu un propriétaire qui pouvait avoir cent mille francs en biens, terres, vignes, prés ; il a eu le malheur d'emprunter, il a vu toutes ses propriétés se fondre au soleil de la procédure : tout a passé entre les mains des hommes de loi, agents d'affaires, avoués, avocats...

Oh ! les intelligents citoyens qui confient leurs affaires à des sangsues de cette espèce. Et dire que ces gens-là sont honorés à l'égal des bienfaiteurs de l'humanité !

Oh ! l'admirable société que la nôtre !

———

Je reviens au procès en séparation de mes pauvres parents. Malgré tous mes efforts, l'appel de ma mère à Orléans a été maintenu. Les frais de cet appel se sont montés à 1500 francs. Une véritable bagatelle ! J'ai dû encore payer cette somme, voici pourquoi.

Mon père en m'affermant sa propriété, m'avait donné tous le mobilier et tous les accessoires nécessaires à la culture. C'était en 1881.

— Puisque tu as fait une bonne récolte tu vas payer les frais du procès, je ne veux pas déplacer d'argent.

J'ai dû m'exécuter pour avoir la paix.

A cette époque, comptant bien que mes vignes allaient me donner, les années suivantes, des produits égaux à ceux de l'année 1881, j'ai fait l'acquisition de la terre de la Gaudionnerie que j'ai payée 8000 francs; sa contenance était de 4 hectares 60 ares. C'était une ancienne propriété des Feuillants de Tours, dont je possède encore les vieux titres, la plupart en parchemin.

Ces titres sont les suivants :

1° Un bail à ferme de la moitié de la Gaudionnerie du 1er septembre 1679;

2° Une vente de la moitié de la Gaudionnerie, devant Jacques Gaillard, notaire royal au baillaye d'Amboise, du 19 juin 1676;

3° Une procédure, en 1673 avec le Petit-Bois — propriété contiguë à la mienne — dont le professeur avait été condamné à faire élever une haie sèche pour séparation;

4° Des titres de dom Antoine de Malachie, cellerier des religieux Feuillants de Tours de 1640 et de 1780;

5° Une vente du 22 mai 1791, par adjudication, de 18.000 francs à la municipalité de Civray qui dépendait des ci-devant Feuillants de Tours;

6° Enfin plusieurs acquisitions faites à des petits propriétaires pour agrandir la Gaudionnerie.

J'ai raconté des choses bien douloureuses sur
ma famille. Hélas! ce qui va suivre dépasse de
cent coudées les faits que je viens de narrer. Ma
plume hésite, ma pensée s'intimide. Mes lecteurs se refuseront à croire à tant de scélératesse.
Je me tiens cependant dans la plus rigoureuse
exactitude ; j'atténue au lieu de grossir ; je retiens
mes indignations.

En achetant la Gaudionnerie j'avais l'intention
de m'y retirer. C'était un lieu solitaire, éloigné
de toute habitation ; vivant de peu je m'y trouverais heureux avec mon fils, mon cher fils, qui
seul m'avait gardé son affection.

Par je ne sais quelle aberration d'esprit mon
père se mit dans l'idée d'avoir cette propriété et
de venir l'habiter. Quel était son but? Peut-être
y ramener ma mère. Je ne pouvais savoir au
juste ses intentions.

L'automne arrive, je commence mes plantations ; mon père, malgré mes 44 ans, veut m'imposer ses idées, il prétend que la principale
allée n'aura que deux mètres de largeur ; je voulais
lui en donner quatre afin de la rendre carrossable.
Je plante donc ma charmille ; un jour, mon père
me sachant absent arrive et se met à arracher
tous mes plants de charmes. J'ai dû recommencer ma besogne. Pouvais-je le poursuivre?
C'était mon père. Oh! douloureuse situation
que la mienne! Les vexations allaient grandir.

Ma fille, la femme de Jermain, qui était restée
à ma maison de Vaux, finit par se retirer chez
elle, quand elle apprend que je vais prendre une
domestique. Mon choix s'était arrêté sur une

femme d'une conduite irréprochable. Elle rentre le 24 juin, au prix de 300 francs par an. Deux jours plus tard, mon père me sachant absent, arrive à la maison et dit à la domestique :

— Si vous voulez être bien avec moi, vous me tiendrez mon café prêt tous les matins, vous descendrez du foin pour mon cheval et vous me direz où va et ce que fait mon fils, car, voyez-vous, je suis le maître ici.

La domestique me raconte ces propos. Je compris de suite que les vexations allaient continuer. Un jour, la domestique faisait frire de la merluche, mon père arrive il lui arrache le bois qu'elle allait mettre au feu en lui disant qu'il suffisait de la faire griller sur les charbons. Cette pauvre fille comprit vite qu'elle allait être en butte aux colères de mon père. Elle était indécise si elle devait rester à mon service d'autant plus qu'elle s'apercevait qu'en mon absence et en celle de mon fils, une personne que je ne veux pas nommer se permettait d'emporter des charges de mon linge. Un jour mon fils surprit cette personne me volant douze draps; il lui administra une maîtresse raclée et la contraignit à laisser ce qu'elle allait dérober. Quatre douzaines de nappes avaient disparu, avec quantité de serviettes et de draps. La voleuse une fois découverte ne revint plus à la maison. Mais elle résolut de se venger.

Mon père, disposé à tout, prépara le coup.

Un jour, mon fils et moi, nous étions allés tendre des fils de fer dans les vignes; par mégarde j'avais emporté la clef du vestibule sur lequel débouchent les chambres, il était donc impossible d'y monter. Nous travaillions avec ardeur quand on vint me prévenir que les gendarmes me demandaient, je me rends au village de Vaux où les pandores m'attendaient. Mon père, en m'apercevant, se met à vociférer contre moi des abominations. — Le voilà, il s'était entendu avec sa servante pour me tuer.

Que s'était-il passé ? Mon père raconte aux gendarmes que la domestique lui a lancé sur la tête une grosse pierre lorsqu'il passait sous la fenêtre de ma maison et que s'il n'avait pas paré le coup avec sa main il aurait été certainement tué. Je me prends à rire à l'audition d'un récit aussi fantaisiste, en déclarant aux gendarmes que tout était faux puisque j'avais la clef du vestibule. Devant eux je tire ma clef, j'ouvre la porte et je montre les lits que la domestique n'a pu faire. Mes arguments irréfutables ne sont pas écoutés ; les gendarmes font leur procès-verbal. Mais où trouver des témoins ? Ce n'est pas difficile en campagne ; mon père en achète deux pour quelques bouteilles de vin ; ma servante avait pour témoins tous mes domestiques. L'affaire arrive devant le tribunal lequel refuse de m'entendre parce que mon père avait insinué que j'étais probablement le complice de ma domestique ; lui et ses odieux acolytes que je ne nomme pas avaient l'intention de me faire condamner moi aussi, afin de faire casser mon bail.

Quelques jours plus tard, je vis le procureur de la République.

— Le tribunal n'a pu faire autrement que de condamner votre pauvre domestique à cause des témoins qui l'ont chargée. Pour vous, je vous donne le conseil de ne pas rester auprès de votre père ; avec des témoins de cette nature, il peut tout oser.

Quinze jours plus tard, mon père arrive à la maison vers huit heures du matin alors que j'étais dans les vignes ; il s'élance sur la domestique en lui criant :

— Il faut que je te tue !

La malheureuse fille se sauve en laissant les portes ouvertes. Maître chez moi mon père charge les harnais de mon cheval dans la carriole et traîne la carriole chez un voisin ; celui-ci refuse de la recevoir ; sans se décourager mon père l'emmène à bras chez mon gendre Jermain. Le lendemain un de mes domestiques, indigné de l'enlèvement de mon bien, se rend chez Jermain pour reprendre ma carriole et me la ramener ; elle était enchaînée avec un cadenas. Quelques jours jours plus tard, ma carriole quittait le domicile de Jermain et était conduite chez mon autre gendre Gallicher.

Que pouvais-je faire ? Que pouvais-je devenir ? Chaque jour des objets de travail disparaissaient. Je me décide à quitter le village de Vaux où je suis né, afin de ne plus demeurer auprès de ceux qui me persécutent avec tant d'acharnement. J'aurais pu peut-être me montrer plus résolu et tenir tête à mon père. Qu'en serait-il résulté ? Certainement des malheurs, car mon père n'était pas homme à reculer d'une semelle.

J'allai habiter la Gaudionnerie avec mon fils et mes domestiques.

Là un autre ennui m'attendait, le plus dou-
reux entre tous.

Profitant de mon absence, mon père arrive un
jour à la Gaudionnerie et demande à mon fils la
clef de l'écurie en lui disant qu'il a besoin du
cheval et de la charrette pour conduire une pièce
de vin à Amboise. Mon fils la lui refuse net,
sachant bien que nous n'aurions jamais revu ni
cheval ni charrette. Son grand père entre en
furie, il le menace de le souffleter, mais le jeune
homme était moins patient que moi, il se met en
garde et s'apprête à repousser la violence par la
violence. Son grand père est parti furieux, en pro-
férant contre son petit-fils et contre moi des menaces terribles.

Mais mon fils avait assez de cette vie d'enfer, il
me déclara qu'il allait me quitter pour s'engager, il
était âgé de 18 ans. Je fis tout pour le détourner de
sa résolution, il allait me laisser seul au milieu de
mes ennemis; il allait me priver de la seule véritable affection qui me restait au cœur! Hélas! je
devais subir tous les chagrins; le désespoir dans
l'âme je lui donnai mon consentement.

Le jeune homme se rend à Tours avec l'intention d'entrer aux hussards, il va voir le capitaine du recrutement qui l'invite à revenir avec
tous les pièces nécessaires pour un engagement.

Dans l'intervalle de ces deux voyages mon père
accompagné d'une personne que je ne nomme pas
mais qui se connaît bien, vont voir le capitaine
du recrutement et lui débitent contre moi les
plus noires infamies, jusqu'au point de dire que
c'était moi qui poussais mon fils à s'engager afin
de me débarrasser d'un gêneur.

Les discours calomnieux sont écoutés et quand mon fils se présente pour entrer aux hussards, on lui déclare que les cadres sont remplis et qu'il cherche un autre régiment : il avait passé la revue il avait été reçu. Les influences qu'avait fait jouer mon père avaient produit leur effet.

Mais la résolution de mon fils était plus forte que la rage de mes ennemis ; il écrit à un nommé Jules Desnoues de Civray, soldat au 10° dragons à Dijon ; il apprend par lui qu'il y a des places à prendre, il part immédiatement pour Dijon où il est reçu. Le pauvre enfant ! je le vis partir avec les larmes dans les yeux ; je quittais l'enfant que j'aimais le plus au monde ; il se séparait d'un père dont il avait su apprécier l'inaltérable tendresse !

Oh ! souvenir douloureux ! Je restais pour ainsi dire seul au monde !

J'avais cependant la bonne fortune d'avoir pour voisine Madame la comtesse de Frécine qui chaque année vient passer quatre mois dans sa propriété de Vaux au moment des vendanges. C'est une femme d'une rare distinction, d'une haute intelligence qui m'a vu naître et qui sait juger les hommes, me juger moi-même. Elle a su apprécier toute l'étendue de mes malheurs ; elle s'est efforcée d'en adoucir toute l'amertume par les témoignages d'estime et de sympathie. Elle ne m'appelait jamais que : *mon bon voisin*.

Je croirais manquer au plus impérieux des devoirs je n'adressais pas à cette dame l'expression de ma reconnaissance.

Mes ennemis ne désarmèrent point depuis le départ de mon fils.

Un de mes gendres, avait l'habitude de donner
un grand repas à sa famille et à ses amis le jour
de la Toussaint; me croyant bien naïf, il vint
m'inviter; je lui fis comprendre qu'il m'était impossible de me rendre à son invitation, attendu
que le repas ne finissait jamais avant dix heures
du soir. Les vraies raisons étaient que je m'expo-
sais aux coups de mes ennemis, que d'ailleurs je
devais suivre le conseil du procureur de la République et ne jamais me trouver en compagnie
de mon père et de ses dangereux amis.

Mais les vexations allaient se poursuivre.

Sous mon hangar à Vaux j'avais entassé 700 fagots de bois; à mesure que j'en avais besoin j'allais
en chercher une voiture; mon père avait la liberté
d'en prendre pour les besoins de sa maison,
comme aussi de venir chercher du vin pour sa
provision; j'avais voulu lui montrer que je ne
gardais pas rancune contre lui des misères qu'il
m'avait fait endurer. Néanmoins je ne tenais pas
à le voir chez moi, car je redoutais toujours ses
caprices et ses emportements. Avais-je tort ?

Pour répondre à mes procédés courtois que
fait mon père? Il s'entend avec deux individus
qui se connaissent bien et que je ne veux pas
nommer ici; ils prennent leurs charrettes, s'en
vont droit à mon hangar, et, sans plus de gêne,
chargent les 700 fagots et les transportent chez
mon père. Pour ajouter l'insulte ironique au vol
en plein jour, ils chargent un de mes vignerons
d'aller me prévenir de l'enlèvement de mon bois.
Ce dernier arrive chez moi et me dit sans préambule :

— Avez-vous beaucoup de bois pour vous chauffer cet hiver?

— J'en ai plus que je n'en veux brûler.

— Eh bien! il ne vous en reste plus : votre père et ses deux acolytes viennent de tout enlever.

Je cours à Vaux et je constate la triste réalité. Tout mon bois avait disparu.

Le lendemain, je vais dénoncer l'affaire au Procureur de la République.

— Heureusement qu'il y a peu de pères tels que le vôtre, me dit-il; mais, je le regrette, vous ne pouvez citer votre père en police correctionnelle, la loi s'y oppose. Allez voir votre avoué et commencez une action civile.

Ma mère, entre temps, se désespérait d'être séparée de moi qu'elle affectionnait beaucoup; elle m'avait demandé à plusieurs reprises à venir habiter chez moi.

J'avais consulté, à ce sujet, le procureur de la République, lequel m'avait conseillé de ne pas céder au désir de ma mère, attendu que la séparation n'ayant pas été prononcée, mon père ne manquerait pas de venir s'installer chez moi sous prétexte de voir sa femme. Ce qui aggravait la situation de ma mère c'est que ses ressources étaient épuisées et que moi-même je ne pou-

vais lui venir en aide à cause des mauvaises récoltes qui se suivaient depuis 1882 et de la vengeance de mon père qui ne manquait jamais de
m'envoyer l'huissier quand j'étais en retard d'un
jour pour lui payer son semestre de onze cents
francs.

Mon père apprend la situation gênée de ma
mère, il va la trouver un vendredi, jour de marché de Bléré, il lui fait mille promesses, il prend
l'engagement de payer ses dettes, il lui promet
de la rendre la plus heureuse des femmes et il
lui laisse 60 francs en promettant de venir la
chercher le vendredi suivant. Aussitôt sorti de
chez ma mère, il court chez le notaire de La Croix
pour le prier de préparer une donation en bonne
et due forme afin de me priver de mes droits et
de me déshériter. J'ai connu toutes ces menées
par des amis qui m'étaient dévoués.

Ma mère, troublée par les manifestations sou-
daines d'amitié de son mari, va raconter l'aventure à sa propriétaire et à des voisins éclairés
lesquels me font prévenir. Sans tarder, j'accours
près d'elle et je lui raconte quelles étaient les
véritables intentions de son mari ; je m'engage
à lui payer ses dettes et à ne jamais la laisser
manquer de rien. Pour lui montrer que mes
promesses n'étaient pas des paroles en l'air,
j'emprunte 2000 francs et, dans le courant de
la huitaine je paie ses fournisseurs et je lui laisse
de l'argent pour vivre convenablement.

Le vendredi suivant arrive, mon père accourt
à Bléré, les poches pleines d'or ; il annonce à ma
mère qu'il vient déjeuner avec elle et qu'après le
repas il la conduira chez le notaire.

Ma mère était indignée, elle lui ferme la porte au nez. Qu'on juge de la fureur du bonhomme et de ses deux acolytes qui l'avaient accompagné. C'était de la rage poussée à ses dernières limites. Rien à faire ! Ma mère avait trop souffert pour retourner vivre au milieu de pareilles gens.

Le procès que j'avais intenté à mon père au sujet de l'enlèvement de mon bois s'appela huit jours plus tard. Mon avoué m'avisa de ne pas me déranger et de ne pas prendre un avocat tant mes droits étaient évidents.

L'avocat qu'avait pris mon père soutint devant le tribunal que le bois provenant de ces fagots avait été abattu avant que mon père m'eût affermé son bien. Le tribunal comprit facilement la fausseté d'un tel échappatoire et il condamna mon père à la restitution du bois soustrait au lieu et place d'où il avait été enlevé, dans le délai de quatre jours, avec une amende de cinq francs par jour de retard dans la dite restitution.

Il fallut s'exécuter ! Mon père se mourait de honte ; il m'envoya son ami Alfred Duportal me proposer arrangement. J'acceptai par amour de la paix ; mon père me fit remettre 300 francs et ce fut une affaire terminée.

Je fus mal récompensé de ma longanimité. Quelque temps plus tard, mon père m'assigne par devant le tribunal civil en restitution d'une somme de 702 fr. pour diverses sommes qu'il prétend avoir payées pour moi à l'époque où nous vivions ensemble. Pour prouver ses créances, il va chez divers fournisseurs, il leur paie à boire et leur fait faire à chacun une quittance ainsi conçue :

5

Reçu de M. Priou la somme de...... pour deux porcs que je lui ai vendus......

Le tribunal commençait à trouver mauvaises les fantaisies de mon père, il le débouta de sa demande en déclarant que les reçus étaient mal conçus, qu'ils auraient dû porter la mention suivante : Reçu de M. Priou père, *pour le compte de son fils*, la somme....

Mon père n'était pas homme à se décourager pour si peu ; il retourne voir tous les fournisseurs leur fait rédiger des quittances suivant le modèle indiqué par le tribunal de Tours et il rappelle à Orléans.

L'affaire d'appel allait suivre son cours quand ma mère mourut tout d'un coup.

Je veux ici rendre un témoignage de respect, de reconnaissance et de tendresse à cette mère incomparable, à cette épouse si rudement éprouvée, à cette femme irréprochable dans sa vie ! Je ne lui connaissais pas de défauts ; active, laborieuse, elle ne s'occupa toute son existence que des affaires de sa maison, et si elle crut devoir après de longues années, abandonner le toit conjugal, c'est qu'elle avait vidé jusquà la lie le calice des tortures ! Il y a une limite dans la souffrance ! Il arrive une heure où le cœur se ferme, où la tendresse fait place à l'indifférence, où la volonté trop rudement brutalisée se raidit contre le mal et cherche à le fuir. La femme n'est pas une esclave, l'épouse n'est pas un vil instrument que l'époux peut briser à sa volonté ! Ma mère a cherché la paix dans la fuite, elle a bien fait, je tiens à le déclarer dans ce livre. Sa mémoire reste vénérée dans le souvenir de tous ceux qui l'ont connue !

Dès que j'appris la mort de ma mère chérie, je m'empressai d'accourir à Bléré : je n'y trouvai que ma fille Mᵐᵉ Bariller ; mon père, mes deux autres filles et leurs maris ne daignèrent pas se déranger ; ils se contentèrent de se trouver à l'entrée du bourg de Civray quand le convoi y arriva. J'avais voulu que ma mère reposât où elle était née !

Cette mort soudaine bien qu'attendue, puisque la santé de ma mère était très mauvaise depuis quelques années, arrêta le procès d'appel et ouvrit la plus laborieuse des liquidations. Mon père voulut passer pour riche au milieu de cette population qui jalousait sa fortune ; il estima ses biens un quart de plus qu'ils ne valaient, sans s'inquiéter de l'augmentation des frais à payer au notaire et à l'enregistrement. Il s'obstina à morceler certaines parcelles de terre qui auraient gagné à rester entières et indivises. Comme il s'obstinait à partager en deux fragments, une pièce de vigne de 3 hectares 50 ares, je les lui achetai 6000 francs, ce qui n'était pas cher à cette époque. Je dus emprunter ces 6000 francs ce qui augmenta mes embarras.

Lorsque j'avais acheté le domaine de La Gaudionnerie, il se trouvait dans un déplorable état, aussi avais-je été contraint de le rebâtir en partie. Je voulus donner à ces vieux bâtiments des Feuillants un caractère que m'imposaient les ruines encore debout.

J'en fis un petit castel en rapport avec le style de l'époque. Quand mes voisins, surtout ceux de Vaux, virent le plan de la construction que je projetais d'élever, ils faillirent en faire une maladie. Le plus atteint fut Duportal III ; le cher homme n'en revenait pas ! La tourelle de mon castel le boulversait surtout quand il la comparait aux deux poivrières qui surmontaient la vieille masure dont il avait fait l'acquisition. Pour marquer son dépit il ne m'appelait plus que *le seigneur*. Je riais de sa naïveté, ainsi que de celle de Duportal IV. Ce qui les révoltait le plus c'est que j'avais osé faire placer sur des poteaux cette inscription : *propriété réservée* ! Je n'avais cependant qu'un but : protéger mes jeunes plants de vignes et surtout interdire ma propriété à un certain comte de Selles qui, nouvellement établi dans le pays, prenait avec tous des airs de grand seigneur ; autrement tous les démocrates du pays et des environs venaient librement chasser sur mes terres. Quant à Duportal, je ne lui avais jamais défendu d'y chasser ; mais lui et de Selles n'y mirent jamais les pieds.

Mes lecteurs vont dire : Qu'est-ce donc que ces Duportal dont je parle tant ? Dam ! On dit qu'ils descendent en ligne directe de la cuisse de Jupiter ! Plaisanterie à part, le premier Duportal dont on ait conservé le souvenir, était un démocrate de la plus franche venue. En 1789, il était, à Chenonceaux, chef du pouvoir exécutif ; il se plaisait à porter le bonnet rouge et à propager autour de lui les grandes et larges idées de la révolution. Mais, vers la fin du Directoire, quand la réaction commença à lever le nez, Duportal fut persécuté, au point qu'il se trouva réduit à la plus affreuse misère. Mon arrière grand père Priou qui habitait Chenonceaux et qui était boulanger avait reçu ordre de ne pas vendre de pain aux révolutionnaires. Un jour Duportal vient voir Priou :

— Tiens, tu manges de la galette, toi, lui dit-il, et moi, il y a huit jours que je n'ai mangé de pain.

Mon aïeul fit entrer Duportal et le fit manger autant qu'il le voulut, mais en lui recommandant bien de ne pas le vendre, autrement ses farines auraient été saisies par la réaction triomphante.

Duportal Ier eut un fils Duportal II, qui reçut le nom d'André et qui ne fut baptisé qu'à l'âge de sept ans, les églises étant fermées quand il naquit. Ce fut mon grand-père, le fils du boulanger qui fut le parrain d'André et qui le conduisit par la main à l'église.

Ce Duportal II apprit le métier de serrurier et devint plus tard régisseur chez le comte de la Pinsonnière. Duportal régit avec tant d'intelligence les biens de son maître, que le comte se ruina en quelques années et que Duportal s'enrichit en même temps au point qu'il acheta une petite bourgade sise près de la forêt d'Amboise, appelée du nom de son maître : la Pinsonnière. Ses affaires marchaient supérieurement, et pendant que le comte se traînait à pied, André Duportal et sa progéniture roulaient en carrosse ; ils tranchaient du grand genre, couraient après les nobles des environs, pourchassaient inexo-

rablement les malheureux qui ramassaient quelques brindilles dans leurs bois, et faisaient une
guerre sans merci à tous les colteurs des environs. La prospérité si rapide d'André lui troubla-
t-elle le cerveau, ou des ennuis secrets le frap-
pèrent-ils soudainement, on ne saurait le dire

Suicide de Duportal II.

toujours est-il qu'un jour, probablement dans
un accès de fièvre chaude, le malhuereux s'assit
dans un fauteuil, se plaça le canon de son fusil

sous la gorge, fit marcher la gachette avec son pied et se fit sauter la cervelle.

Duportal III, Alfred, le bel Alfred, quitte aussitôt la place qu'il avait au chemin de fer et vient faire valoir la propriété de son père. Il lui fallait une femme ; il pria ses amis de lui en trouver une ; ce n'était pas facile, pas une fille de nos contrées ne voulait de *Monsieur Alfred* comme

Les deux fameux chasseurs.

il se faisait appeler, qualification très rare parmi les paysans que ce mot de *Monsieur* révoltait. Mon père parvint cependant à lui trouver une femme. La fille d'un paysan de Civray qui pouvait avoir une soixantaine de mille francs tant en propriété qu'en argent. C'était bon à prendre. Quoi ? La femme ou l'argent ? Surtout l'argent.

De cette union naquit l'illustre Duportal IV, Calixte, un nom prédestiné. Ce noble rejeton fût régisseur comme son père ; il allait à la chasse quand il était appelé, il tenait les chevaux par la bride pendant que ces messieurs se gobergeaient autour d'un bon feu et d'une table somptueusement servie, Calixte était bon valet de pied ! Quand arrivaient les élections, Duportal IV avait ordre de se rendre aux réunions publiques et d'interrompre les orateurs républicains. De toutes parts, on lui criait : A la tribune !

Mais Calixte était incapable de dire deux mots de suite ; il avait la mâchoire lourde ! Les citoyens insistaient, le menaçaient, lui jetaient des pommes cuites et le chassaient honteusement. Ces exécutions souvent répétées ne le corrigèrent pas ; il resta le valet des pires réactionnaires, ne comprenant pas que la République est le seul régime de dignité et de liberté. Grâce probablement à ses relations avec les réactionnaires et surtout avec l'agent d'affaires Coqueray, Duportal IV avait épousé une fille très riche. De cette union est né Duportal V. Que sera ce descendant d'une illustre lignée ? L'avenir nous l'apprendra ; il est capable de devenir maréchal ou caporal, à moins qu'il ne devienne député ou sénateur.

————

Assez sur les autres.

Revenons à nos moutons.

Notre liquidation ne pouvait se faire sans

amener de graves démêlés. Mon père avait pour 20.000 francs de titres nominatifs; il avait eu soin de les vendre avant la mort de ma mère et de les mettre au porteur.

Ces titres-là ne parurent pas à l'actif de la succession. J'en parlai à mon père, il fit la sourde oreille et me déclara ne les plus avoir depuis longtemps; il était furieux parce qu'il aurait désiré vendre les 8.000 francs de la caisse des retraites, mais impossible, ils étaient placés en mon nom. Pour se venger, il va trouver Duportal III, lui conte l'affaire et demande à lui emprunter 20.000 francs, afin de faire rentrer cette somme au passif de la succession. Si j'acceptais, je me trouvais hériter des dettes. Duportal III fut assez honnête pour refuser un tel brigandage. Je ne puis que l'en remercier, bien que d'un autre côté il me jouait des tours, inoffensifs d'ailleurs.

Un jour, je regarde l'annuaire sorti de l'imprimerie Delys, j'y vois mon nom : *Priou, château de la Seigneurie.* Je vais à Tours, je me rends chez l'imprimeur et je lui demande qui lui a donné mon nom avec l'indication qui suit.

— C'est un grand de Civray qui a l'air d'un garde ou régisseur de château. Je lui ai demandé des détails pour mon annuaire, c'est lui qui m'a donné votre nom et vos titres.

— Très bien, monsieur, lui répondis-je, pour votre annuaire de l'année prochaine vous pourrez écrire le nom d'un nouveau venu : M. Duportal château de la Grillonnière.

L'année suivante, Duportal III était sacré châtelain de la Grillonnière; je ne sais s'il s'est fait

dresser un blason pour éterniser les grandeurs
de sa race! S'il ne l'a pas fait, il est toujours
temps de le faire; il peut choisir pour armoiries
un champ de gueules à trois rangs de chardons sous
la devise : *qui s'y frotte s'y pique!*

Mes embarras financiers allaient grandissant à
mesure que se succédaient les mauvaises années.
Toute la contrée était d'ailleurs en train de se
ruiner.

Le possesseur de la rente de 150 francs sur la
Gaudionnerie, M. Cuvier vint à mourir. Je dus
rembourser le capital. A cet effet j'emprunte
10.000 francs à M. Chevalier, et je rembourse la
rente Cuvier et les 5.000 francs Roux : je ne
voulais devoir qu'à un seul créancier. Mais je
payais de gros intérêts. Je cherche à vendre la
moitié de ma terre de Vaux, laquelle moitié avait
coûté 40.000 francs, je n'en ai pas trouvé 15.000.
La propriété dans nos contrées était tombée à
rien. Chaque année, je m'endettais de 1000 à
1200 francs que M. Chevalier ne se lassait pas de
me fournir; il espérait, un jour qu'il croyait
proche, pouvoir s'emparer de mes propriétés à un
vil prix; il a été déçu dans ses espérances car il
est mort à l'hôpital de Montrichard, après la liquidation de la succession de ma mère.

J'avais un autre motif pour ne pas vendre à vil
prix mes propriétés c'est que la santé de mon
père déclinait sensiblement; je pensais que si de
son vivant il m'avait fait du tort il serait assez dé-
licat pour respecter mes droits à sa mort. Je me
trompais étrangement.

Avant d'être arrêté il fait son testament qu'il

dépose, chez Me Jouteux, notaire à La Croix ; mais, réfléchissant que j'étais bien avec ce notaire et que je pouvais savoir la vérité, il se rend à Tours avec deux de mes gendres, ses préférés, et dépose un autre testament chez Me Vincent notaire, rue Colbert.

Deux mois plus tard, mon père meurt. Le lendemain, le notaire de la Croix m'écrit de me rendre à son étude ainsi que tous mes enfants, afin de prendre connaissance du testament de mon père. Je fais venir mon fils qui travaillait à Bordeaux, dans les bureaux du chemin de fer du Midi.

Au jour indiqué, toute la famille Priou se trouve dans le cabinet du notaire qui fait la lecture des deux testaments. Mon père donnait à deux de mes filles, ses préférées, la moitié de ce qu'il possédait, environ six hectares de bonne propriété, des bâtiments situés à Vaux estimés environ 8.000 francs : il deshéritait son autre petite fille et son petit fils. C'était abominable. Le notaire après la lecture des deux testaments fit observer aux deux préférées et à leurs maris l'infamie d'un tel testament en les engageant à partager intégralement avec leur sœur et leur frère, au cas où je consentirais à leur laisser à tous les quatre la portion disponible.

Les heureux privilégiés ont répondu qu'ils trouvaient bien ce qu'avait fait leur grand père et qu'ils gardaient ce qu'il leur donnait.

Nous nous séparâmes à jamais divisés.

Quand arriva le partage du mobilier je demandai à mes deux filles privilégiées où se trouvaient les titres de 20.000 francs.

— Nous n'avons rien vu, me répondirent-elles.
C'était précis ! Tout avait disparu !

J'étais désolé pour ma fille et mon fils si odieusement lésés dans leurs intérêts !

J'achetai à mes gendres les bâtiments de Vaux pour 4.000 francs, remboursables le 1ᵉʳ novembre 1898 sans intérêt. Comme j'avais affermé le bien de mon père jusqu'au 1ᵉʳ novembre 1898, j'étais obligé de payer à ces deux enfants privilégiés une rente de 550 francs de ferme sur le bien, soit 275 francs par semestre; ma situation, au lieu donc de s'améliorer par la mort de mon père, ne fit que s'aggraver.

Au milieu de mes ennuis, j'avais néanmoins pour me consoler un peu les sympathies de la plus grande partie de la population. Beaucoup de républicains vinrent me proposer de me porter pour entrer au conseil municipal, ils se souvenaient de ce que j'avais fait en 1870 et savaient que je n'avais pas varié dans mes opinions politiques.

J'eus le regret de leur répondre par un refus, sans leur faire connaître la gêne de ma situation de fortune. Je voulus cependant montrer à tous que je savais fêter les glorieux souvenirs de la Révolution.

Le 4 Mai 1889 arrive, c'était l'anniversaire de la convocation des États-Généraux; dans toutes les communes de France on plantait des arbres de la liberté.

Dans la commune de Civray se trouvait un carroir bien disposé pour recevoir l'arbre de liberté; ce carroir était situé à la Corneillerie. Le conseil municipal fut satisfait du choix que j'avais fait de cet emplacement pour y élever l'arbre de la liberté ; la fête publique eût lieu au milieu d'un immense concours de population.

Le matin du 4 Mai, je vais dans mon bois de la Gaudionnerie avec mon domestique, chercher un beau plant d'orme. Je l'offrais à la commune ; mon arbre fut planté au milieu de ce carrefour de quatre routes, aux acclamations des foules enthousiastes.

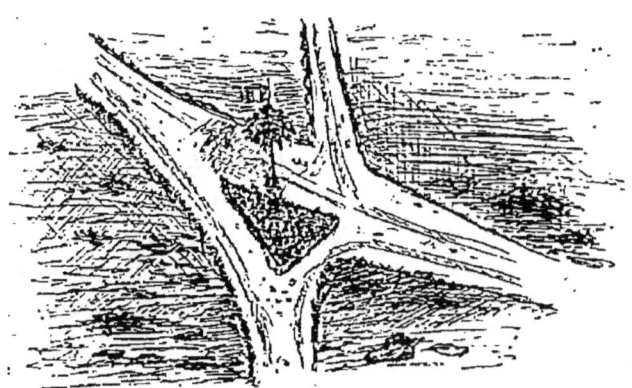

Carroir de la Corneillerie

Si je n'avais pas quitté Civray j'aurais voulu être enterré au pied de cet arbre qui se trouve sur un endroit le plus élevé de la commune et qu'on appelle depuis cet époque, *l'arbre de liberté à Priou*. Je n'aurais pas été mal, ce me semble, au pied d'un symbole immortel de notre immortelle révolution !

Le 4 Mai, la plantation de l'arbre de la liberté avait eu lieu au bourg de Civray. Le lendemain, 5, la majeure partie des habitants de Civray est

venue au carroir de la Corneillerie fêter et arroser
l'arbre de la liberté, au son du tambour et du
canon donné à la commune par l'ancien maire, le
citoyen Métivier. La fête a été superbe de gaîté
et d'entrain; la vieille eau-de-vie du pays a
coulé dans les verres et dans les gosiers avec profusion pendant que l'écho lançait au loin les cris
enthousiastes de : Vive la République. Puis est
venu le feu de joie, immense brasier qu'on devait
voir de plus de trente kilomètres à la ronde et
autour duquel a dansé la foule des jeunes gens,
jeunes femmes, fillettes et enfants, avec un entrain
extraordinaire.

Je ne pouvais laisser partir cette foule sans
l'inviter à mon castel de la Gaudionnerie. Ma
domestique avait fait dresser des tables dans la
cour du couchant sur lesquelles s'étalaient les
cruches de vin du crû du pays, le pot de rillettes
de campagne, le pain de ménage à profusion et
des carafons de vieux cognac de Civray. Au milieu de ces agapes fraternelles le citoyen Bisson
du village des caves, à la voix harmonieuse et
puissante, a lancé dans la nuit ses meilleures
chansons patriotiques.

Ainsi s'est terminée cette belle fête dont le souvenir est resté vivant dans la mémoire de tous.

La vue de l'arbre de la liberté du carroir de la
Corneillerie avait eu le don de soulever les colères du vil troupeau réactionnaire. Quelques
jours plus tard nous nous sommes aperçu que le
pied de cet arbre avait été lâchement tailladé en
maints endroits. Malgré ces entailles profondes,
sa vitalité était si grande qu'il sut échapper à cet

assaut. Le cantonnier reçut l'ordre de l'entourer d'une ceinture d'épines. Depuis cet époque il pousse admirablement ; actuellement son tronc mesure de 20 à 25 centimètres de circonférence. Il atteindra un jour des proportions colossales, image de notre République qu'aucune réaction ne parviendra à déraciner du sol Français !

Ma situation était des plus triste, tous ceux que j'aimais m'avaient quitté, ma mère était morte, mon fils était parti ; j'étais seul, isolé, sans une affection sincère, moi qui avais tant aimé les miens et qui me serais trouvé si heureux de me voir entouré d'affections que j'avais tout fait pour mériter. Hélas ! dans nos campagnes, le cœur se ferme facilement et promptement aux plus douces effluves de la tendresse ; l'argent, le vil argent dessèche tout. Le paysan n'aime plus que sa monnaie et ses bêtes. Pierre Dupont a eu raison d'écrire :

> J'aime ma femme ! Eh bien !
> J'aimerais mieux la voir mourir
> Que d'voir mourir mes bœufs !

Je me décidai à me marier. Le 14 juillet 1889, j'épousai Mademoiselle Désirée, Caroline Roussel, une personne des plus honorables, dans mon âge, qui était restée trente ans dans une famille, comme dame de compagnie. Pour reconnaître les nombreux services qu'elle leur avait rendus et pour la récompenser de son dévouement et de ses soins intelligents, ses maîtres, à leur mort, lui ont laissé une rente viagère assez élevée, pour lui permettre de vivre d'une façon indépendante et convenable, sans être à la merci de qui que ce soit.

J'avais eu soin de faire connaître à Mlle Roussel ma situation exacte de fortune et le montant de mes dettes. Elle n'avait pas été démontée par ce triste et sombre tableau.

— Espérons, me dit-elle, que les bonnes récoltes nous permettrons de nous acquitter en quelques années. Mais quoiqu'il arrive, il nous restera ma pension pour vivre.

Cette résolution courageuse me réconforta; je n'étais plus seul pour souffrir et pour lutter. J'avais une vaillante compagne. Ce qui me plaisait encore c'est qu'elle quitta la ville sans regret pour me suivre et venir habiter ma campagne solitaire.

Mais les déceptions ne se firent pas attendre. La récolte de cette année 1889 fut presque nulle, puisque je ne pus vendre que pour 800 francs de vin et de céréales, quand j'en avais dépensé 2000. Je me trouvais donc dans l'impossibilité de payer un centime des intérêts de mes emprunts.

Malgré cette déception, ma femme ne se désola pas; elle comptait sur les années suivantes pour nous aider à nous relever. Elle se montra très généreuse vis-à-vis de ma domestique que je ne gardais pas; nous lui donnâmes un ménage complet; c'était justice, je l'avais gardée cinq ans et elle m'avait rendu quelques services.

Autour de nous l'envie et la malice faisaient rage. Les Duportal et les Vengeon étaient très inquiets de ce que pouvait posséder ma femme;

ils questionnèrent plusieurs fois le notaire qui se complut à dérouter leurs investigations et à exciter leurs convoitises, en exagérant le montant de sa rente. Chose singulière! Mes gens qui avaient critiqué ma femme en disant partout qu'ils ne savaient pas d'où elle venait ni qui elle était, s'empressèrent autour d'elle dès qu'elle fut parmi eux et cherchèrent à l'inviter chez eux. Mais ma femme connaissait mon histoire; sans se montrer impolie vis-à-vis de ces gens obséquieux, elle sut leur faire comprendre que la compagnie de son mari lui suffisait et qu'elle ne fréquenterait personne. Ce qui la surprit davantage et la révolta ce fut d'apprendre que mes deux gendres, en faveur desquels mon père avait fait son testament, me faisaient demander d'assister à mon mariage et de nouer avec nous des relations d'amitié! C'était naturel! N'avait-on pas dit que ma femme était très riche!... Peut-être, un jour, serait-ce une belle-mère à succession!... On ne pouvait savoir!... Il fallait manœuvrer diplomatiquement... et tâcher de m'endormir!...

Mais la mesure était comble depuis longtemps. Ma femme le comprit parfaitement : les deux privilégiés et leur suite furent laissés à l'écart. Il n'en fut pas de même de mes deux autres enfants que nous fûmes heureux de voir à notre table et le jour du mariage et dans d'autres circonstances.

Ma femme, habituée à la ville me fit comprendre qu'elle serait heureuse d'aller passer quelques semaines, au milieu de ses connaissances et de

ses amies. Son désir fut un ordre. L'hiver venu
nous quittons la campagne et nous nous instal-
lons à Tours à la stupéfaction de toute la contrée
qui ne cessait de répéter : faut-il qu'ils soient
riches ces gens-là. Hélas ! la réalité était loin de
ces naïves croyances. L'inclémence du temps,
l'injustice de mon père, ma trop grande bienveillance à l'égard des miens, toutes ces causes
m'avaient conduit à deux pas de l'abîme. Devant
une telle situation, je résolus de ne plus payer
de rentes, en attendant les évènements.

A cette époque, le parti réactionnaire de la
commune de Civray commençait à s'agiter ; il
voulait chasser les républicains du conseil municipal afin de les remplacer par ses créatures.
     C'était surtout le vieux maire qu'il visait.
     Le citoyen Etienne Gaillard, âgé de 80 ans,
était marchand de vins au village de Thoré.
C'était grâce à son influence que se construisait
sur le Cher le pont qui devait relier le village de
Thoré au bourg de Civray.
     Cet actif et tenace maire allait si souvent à la
préfecture pour enlever l'autorisation qu'il solli-
citait que les employés ne l'appelaient plus que
le père Du Pont. Il tourmentait les conseillers
généraux, il harcelait les députés, il écrivait tous
les jours aux ministres. Il fit tant et si bien qu'il
obtint son pont et que l'inauguration devait

avoir lieu quelques semaines avant les élections municipales de 1893.

Les réactionnaires pour faire passer leurs candidats, parlèrent des dépenses exagérées faites par le maire qui avait endetté pour de longues années la commune de Civray. Leurs efforts furent vains. Le vieux maire fut réélu ainsi que

Le Pont de Thoré

la majorité des républicains. Mais les nouveaux conseillers crurent raisonnable de ne pas réélire comme maire le citoyen Gaillard, à cause de son grand âge et de sa surdité; le brave homme en fut très mécontent et ne reparut plus aux réunions du conseil. Le nouveau maire fut le citoyen Silvain Deschamps, du village de Vaux, propriétaire très capable de remplir ce poste et par son intelligence et par ses opinions sincèrement libérales et républicaines; tous les socialistes de Civray ont voté pour lui.

Mais la lutte électorale avait été chaude. Une femme la vicomtesse de Selles, avait marché à la tête du bataillon pour faire triompher son mari et sa liste. Sa liste! Elle était supérieurement assortie! A côté du vicomte figurait le nom d'un pauvre diable qui avait été sur le point de faire partie de la libre-pensée et qui semblait s'être converti sous les insinuantes exhortations de la belle vicomtesse! on y lisait aussi le nom de l'adjoint de l'ancien maire, un vieux garçon, le citoyen Claude Besnard que les sourires de la séduisante châtelaine avaient dû faire virer de bord. Claude n'a pas eu de veine : il a été battu, éreinté, mis à la côte. S'en consolera-t-il jamais! Il tient bon! Comme il y avait ballottage de trois conseillers, Claude se reporte au second tour. Les électeurs lui font faire demi-tour à gauche. Encore battu ! C'est ainsi que les républicains de Civray traitent tous ceux qui trahissent la grande cause de la liberté.

Les réactionnaires étaient battus sur toute la ligne. Ils avaient pourtant commencé leur campagne bien longtemps avant les élections!

La commune avait depuis plusieurs années, une superbe fanfare dite : fanfare de Civray et de Chenonceau réunies. Les réactionnaires guidés par la générale de Selles avaient jugé opportun de former une autre société musicale qui fut baptisée par les loustics : fanfare de Civray sur Cher, dite blanche.

Le curé, sous prétexte de conciliation, invite les deux fanfares à venir jouer à l'église le jour de Pâques. Mais, par un coup d'Escobar et pour faire plaisir à l'intrigante vicomtesse, il fait dire à la fanfare républicaine qu'il ne peut la recevoir à l'église. Ce que nous avons ri, nous autres républicains ! C'était d'ailleurs assez sage, car les apprentis musiciens de la fanfare blanche auraient fait triste figure en face des artistes de la fanfare républicaine !

Pour continuer le défi, les blancs se mettent à parcourir les rues afin de troubler la fanfare républicaine ; l'abus devient tellement criant que le maire prend un arrêté interdisant la voie publique aux réactionnaires musiciens. Grande désolation dans le camp dévot ! Les processions arrivent ; pas de musique pour faire cortège au pauvre et cher bon dieu qui serait capable d'en faire une longue maladie ! Le curé se ravise, il fait faire un reposoir dans sa cour et, derrière, la *blanche* joue des airs tellement attendrissants que toutes les vieilles dévotes se sont prises à verser des torrents de larmes ; c'était un véritable cataclysme ! On dit que plusieurs filles de Sainte-Véronique en ont été ravies an troisième ciel ! Car il y avait à Civray une société de filles et de femmes dévotes dite de Sainte-Véronique. C'était la vicomtesse qui l'avait fondée. L'obligation des véroniquaises était de verser 0,20 c. par mois entre les mains de la présidente. afin de soulager les pauvres de la commune, mais on s'aperçut bientôt que les familles indigentes qui n'allaient pas à la messe ne recevaient aucuns secours. La se-

conde obligation était celle pour les sociétaires
d'aller à confesse tous les premiers vendredis du
mois. La vicomtesse trouvait que les femmes et
les filles des braves vignerons avaient besoin de
se purifier souvent la conscience en allant conter
au curé des histoires à figer debout! Mais ça ne
prenait guère, dans un pays où les femmes
sont actives et reconnaissent la nécessité d'aller
travailler aux champs!

Sainte-Véronique avait sa présidente, sa vice-
présidente, sa secrétaire... etc... une organisation complète et savante. C'était ma fille Virginie,
celle que le lecteur connaît, qui avait été nommée
secrétaire! Quel honneur! La vicomtesse tenait
ma fille, elle voulut avoir ma femme; elle lui écrivit plusieurs lettres l'invitant à la venir voir; ma
femme ne se présenta pas. La vicomtesse était tenace, elle osa venir chez moi; elle commença par
flatter ma femme en lui disant qu'elle serait heureuse de lui donner un poste dans sa société et en
l'engageant à signer un papier en signe d'adhé-
sion. Ma femme lui répondit qu'elle regrettait de
lui refuser, qu'elle voulait rester libre dans ses
actions et qu'elle connaissait des pauvres dans
son voisinage qui suffisaient à ses libéralités. Elle
ajouta qu'elle était surprise de voir la vicomtesse
venir lui proposer d'entrer dans une société où
se trouvaient des personnes qui s'étaient mon-
trées les ennemies jurées de son mari. Elle comprit et se retira sans rien ajouter!

La société n'allait pas seule; partout des refus,
chaque jour des défections. Pour maintenir le
naïf troupeau des naïves tourterelles, la vicom-

tesse donnait souvent des fêtes. Un jour il y eut grande réjouissance chez ma fille Virginie qui demeurait auprès du bourg. La cave était spacieuse, elle pouvait contenir 200 personnes. Le buffet est abondamment garni de pâtisseries et de liqueurs; un tonneau de vin est installé à côté. Le bal commence, ouvert par la vicomtesse de Selles et un brave paysan qui se montre tout fier de tenir dans ses bras une si adorable personne. Et les sauteurs tourbillonnent en diable, et les soiffeurs s'enfilent des lampées interminables de vin, tant et si bien que tous s'en vont titubant à qui mieux mieux!

Dans cet état c'est à qui fera danser la vicomtesse; chaque paysan la fait sauter tour à tour, lui envoie dans le nez des postillons tièdes, lui lèche les joues rougies de ses larges babines. L'infortunée n'en peut plus; elle voudrait refuser ses cavaliers; impossible, il faut qu'elle danse, qu'elle danse encore, qu'elle danse jusqu'à trois heures du matin! Toute la contrée à longtemps parlé de ce fameux bal, de la trop fameuse vicomtesse et des moutonnes de Panurge de Sainte-Véronique!

L'ancien maire Métivier avait fondé une petite bibliothèque communale à la mairie où chacun pouvait se procurer des livres d'un choix varié!

La châtelaine du Petit-Bois, née Françoise Bourke. anglaise d'origine et mariée au vicomte de Selles à cause de sa fortune — trouvant que les livres de la bibliothèque communale étaient profondément anti-religieux, en fonda une qu'elle composa de livres dévots de la plus haute mys-

ticité. Pour attirer des lecteurs, elle faisait poser
des cigares auprès des livres. Les paysans roublards se rendaient en foule à la sainte bibliothèque et, dédaignaient les livres qui contenaient
des histoires à dormir debout, ils prenaient les
cigares et s'en allaient joyeux dans les cafés voisins ! Je vous réponds que les livres sont intacts
et intouchés !

Pendant que la vicomtesse de Selles tentait
d'embrigader les femmes, Duportal IV cherchait
à embrigader les hommes, en fondant un
syndicat où ne pouvaient entrer que les gens de
son parti. Le but du syndicat était de se procurer,
à bon marché et directement, des sucres pour
les champs et les vignes ; cinq ou six voitures
allaient chercher les marchandises en gare de
Bléré : Duportal était toujours en tête. Les né-
gociants de la contrée parlaient déjà de le pen-
dre ! Après les engrais Duportal se mit à faire
venir de l'huile d'olive, mais les épiciers furieux
en firent venir de meilleure et des doutes naquirent dans l'esprit des syndiqués sur les opérations du grand pourvoyeur.

Les élections approchaient, Duportal et ses
amis répandirent dans le pays la nouvelle qu'ils
allaient fonder une société de secours mutuels.
Mais le citoyen Métivier les devance, il fait ras-
sembler le conseil municipal et la société communale de secours mutuels est fondée. Le généreux Métivier s'inscrit pour 1500 francs, puis il
commence sa tournée par M. Berthelot lequel
malgré ses idées religieuses, approuve hautement
le projet et souscrit pour 500 francs. Puis

suivent un grand nombre de cotisations de 200 fr.
de 100 fr. etc...

La préfecture approuve les statuts de la nouvelle société et tout marche au mieux du monde,
au grand désespoir des réactionnaires qui arrivaient trop tard comme les carabiniers d'Offen-
bach! Ils veulent tenter de fonder une nouvelle
société avec l'approbation préfectorale : ils ou-
bliaient qu'il n'en peut existe qu'une par commune officiellement reconnue.

Ils ne se découragent pas; les Vengeon et Duportal, se rendent chez M. Berthelot. O déception! Ils apprennent de sa bouche qu'il a
versé 500 francs pour la société communale et
que ses libéralités ne s'étendront pas plus loin;
les commis-quêteurs se mettent en furie; M. Berthelot les invite à passer la porte. A la mort
subite de ce dernier, son héritière, Madame Marguerite sa fille verse les 500 francs souscrits par
son père, malgré les instances des réactionnaires
l'invitant à ne pas donner cette somme à la
caisse de la société communale.

Malgré tous ces déboires, la bande opposante
est parvenue à fonder un semblant de société
libre de secours mutuels. Civray était donc partagé en deux bandes : les rouges et les blancs.

Les blancs virent sensiblement diminuer leur
nombre et ne se soutinrent que grâce à l'appui
des fameux de Selles.

La date de l'inauguration du pont de Thoré
arriva. M. le Préfet voulut bien honorer de sa
présence cette inauguration. La musique communale fit entendre, à cette occasion, les plus
beaux morceaux de son répertoire.

La fanfare dite de Madame de Selles n'avait
pas été invitée; que fit-elle dans sa rage? elle
vint s'installer dans une île qui joint le pont au
milieu de la rivière et se prit à jouer ses morceaux les plus tapageurs pendant que se pro-
nonçaient les discours.

Le *Journal d'Indre-et-Loire* fit des gorges
chaudes des escapades de la bande réactionnaire
et annonça bruyamment que dans huit jours la
fanfare libre prendrait une éclatante revanche,
en balayant la mairie de toutes les scories républicaines.

Le jour de l'élection arrive; la fièvre circule
d'un bout à l'autre de la commune; les réactionnaires s'en vont chercher pour les faire voter, à
quatre ou cinq lieues de là, leurs anciens domestiques. Le dépouillement commence la fanfare
blanche attend, l'embouchure au bec, afin de
fêter le succès de la liste de ses candidats.

Tout-à-coup des cris éclatent au milieu du
bourg : Vive la République!

La liste républicaine est passée toute entière,
il y a trois ballottages. La Fanfare municipale,
escortée par une foule immense, se met à parcourir les rues au milieu d'un enthousiasme
indescriptible, sous les feux de mille lanternes
vénitiennes, aux acclamations de la foule, pendant qu'un grand nombre de farceurs armés de

balais à grand manche, s'escriment à nettoyer les chemins et à frotter fort les pavés devant la porte de Duportal. Quant à la Fanfare blanche, elle se tut comme une carpe! Les instruments tombèrent rouillés tout-à-coup et le dévot *Journal d'Indre-et-Loire* rengaina ses chants de victoire.

Le succès des républicains fut bien plus complet au scrutin de ballottage; trois candidats réactionnaires osèrent affronter la lutte; ils obtinrent moins de voix qu'au premier tour et furent battus d'importance. Le triomphe de la République fut complet dans la commune de Civray.

Mais la paix ne se fit pas. Loin de là. Les réactionnaires furieux de leurs échecs successifs, semèrent la discorde et soufflèrent la haine parmi les habitants; on ne vit plus que disputes, querelles, batailles, procès.

Je ne citerai qu'un exemple des rages réactionnaires.

Un vieillard de Civray, le citoyen Boistard, au moment de partir faire la moisson à une douzaine de lieues de Civray avait chargé une ménagère sa voisine — elle n'était pas de la société de Sainte Véronique — nommée Louise Labesse, de moissonner pour lui quelques arcs de blé, attendu qu'il se trouverait trop loin au moment de la maturité du grain. Il aurait pu charger sa bru de faire cette récolte, il ne le fit pas. Pour quel motif? Nous n'avons pas à le rechercher ici et surtout à le dire si nous le savions : il y a des choses qui ne s'écrivent pas.

Au temps voulu Louise Labesse coupe le grain mûr et le laisse sécher dans le champ. Une femme de la Sainte Véronique — la charité la dévore — court prévenir la bru Boistard de ce qui se passe.

— Je ne laisserais pas rentrer le grain de ton beau-père par cette......; il t'appartient.

La bru, mûe par la colère, court au champ et interpelle vivement la moissonneuse. Celle-ci riposte ; des injures les deux femmes en viennent aux coups, les gifles et le crêpage des chignons se succèdent avec activité ! En essayant de se dégager la femme Labesse écorche un peu avec sa faucille le bras de la bru Boistard qui se hâte de déguerpir.

Le soir venu, la bru Boistard se rend dans le bourg vers 10 heures du soir pour écouter la musique. Entre temps elle raconte sa dispute à plusieurs femmes de la Sainte-Véronique lesquelles s'empressent, le lendemain, d'aller trouver la vicomtesse de Selles. Celle-ci, vers deux heures de l'après midi, arrive chez la bru Boistard et lui déclare qu'elle va envoyer chercher un médecin pour constater les blessures, par un certificat en bonne et dûe forme ; elle dépêche immédiatement son mari le docile vicomte, lequel va prévenir la gendarmerie. On n'aurait pas fait plus de tapage pour une tentative d'assassinat. Le jeune Boistard, qui était parti avec son père en moisson, est invité à revenir en toute hâte ; il quitte tout et accourt croyant sa femme à toute extrémité. Mais en arrivant et en la voyant bien portante, il fut tout honteux de tout le tapage qu'on avait fait et des suites qu'on voulait donner à cette affaire.

Mais le procès était engagé. Le Maire et le Conseil municipal s'empressent de donner un certificat d'honorabilité et de conduite exemplaire à Louise Labesse. Plus de cent cinquante citoyens de la commune signent une pétition pour soutenir la cause de cette femme. Le père Boistard, trop éloigné pour se rendre au tribunal, le jour de l'audience, envoie une lettre portant la signature du maire de la commune où il travaille, authentiquée par le cachet de la mairie, dans laquelle il déclare qu'il a réellement chargé Louise Labesse de couper et de rentrer son blé; il établissait donc par là que c'était sa bru qui était allée trouver et provoquer la femme Labesse.

Malgré tous ces témoignages la femme Labesse fut condamnée à quelques jours d'emprisonnement. Je n'ai rien à dire du jugement, il parait qu'il est interdit d'apprécier ces actes publics. Donc taisons-nous... et pour cause. Mais ce qui ne saurait être interdit c'est de déclarer que la femme Labesse y gagna dans l'estime générale. Pendant sa courte absence, les ménagères de son village s'empressèrent de soigner sa basse-cour; vache, porcs, lapins, volailles, âne, etc... tout fut nourri à point: rien ne souffrit. Sa famille très nombreuse dans le pays lui donna toutes les marques d'estime et de considération. Ce qui révolta la population entière ce fut de voir la fameuse de Selles auteur certain de la condamnation de Louise Labesse, oser aborder cette femme et lui exprimer le chagrin qu'elle ressentait de ce qui était arrivé.

Jusqu'à quel point peut monter l'audace et l'impudence de certains parvenus !

———————

J'allais connaître l'amertume de plus grandes tribulations et savoir où mènent les débats avec la justice.

J'ai besoin de tout mon calme pour raconter ce qui va suivre et clore cette première partie de l'*Histoire de ma Vie*. Je vais narrer les évènements sans commentaires, sans aucune note d'acrimonie, sans aucune trace de flétrissure. Chacun de ceux qui réfléchissent savent ce que valent les procédures judiciaires, ce que coûte le facile labeur des avoués et des avocats.

On parle de réformes. Hélas ! le dix-neuvième siècle ne les verra pas. Songez donc qu'une foule de gens ne pourraient plus être ruinés !

Ma situation allant en s'empirant, j'allai voir mon créancier, M. Chevalier, de Montrichard, afin de m'entendre avec lui sur les mesures à prendre pour arriver à le payer et à sauver du désastre ce qui me restait.

M. Chevalier après mûr examen de ma situation me conseille de vendre, soit par un agent d'affaires, soit par une adjudication tous les biens que je ne voudrais pas garder et qui suffiraient à payer mes dettes. Le conseil était sage, M. Chevalier consentait à me donner tout le temps nécessaire pour payer les quelques mille francs que je me trouverais à lui redevoir si ma vente n'éteignait pas entièrement sa créance. Je rentre donc chez moi, heureux d'une pareille détermination et je me dispose à prendre mes mesures pour mettre mes biens en vente.

Mais la fatalité me poursuivait. J'apprends quelques semaines plus tard que M. Chevalier venait de mourir tout d'un coup à l'hôpital de Montrichard. C'était le 4 décembre 1891.

Mourir à l'hôpital, lui, M. Chevalier plusieurs fois millionnaire ! A l'hôpital ! Je me renseigne. On m'apprend que M. Chevalier, qui était venu s'établir près de Montrichard vers 1820, vivait éloigné depuis quelques temps de ses deux enfants : de son fils aîné et de sa fille Victorine, mariée à Octave Dangé. Depuis la mort de sa femme, il vivait en véritable misanthrope faisant sa soupe lui-même dans une vieille marmite et ne recevant jamais ou presque jamais ses enfants, attendu que son fils et son gendre ne se voyaient pas pour des motifs d'intérêt, disait-on dans le pays.

Quoiqu'il en soit, cette mort me mit dans une triste situation, n'espérant pas rencontrer chez les fils la bienveillance du père, d'après les renseignements que j'avais pu recueillir.

J'apprends que les deux frères refusant de se voir, avaient chargé M. Billette, notaire à Montrichard de régler les affaires de leur succession et que le règlement de ce partage durerait plu-

sieurs années. J'étais dans un embarras mortel,
je ne pouvais vendre, je ne pouvais continuer à
faire valoir moi-même ma propriété puisque je
m'endettais de plus en plus. Dans cette extrémité
j'afferme mon bien pour la somme de 750 francs.

Entre temps j'apprends que le lot de mes biens
hypothéqués appartenait à Dangé. Je m'empresse de l'aller voir pour lui rapporter le conseil que m'avait donné son père et pour lui
apprendre la location que j'avais faite.

— Ça ne me regarde pas, me dit-il brutalement, allez voir M⁰ Billette, c'est lui qui est
chargé de toutes mes affaires, attendu que je ne
veux pas voir le fils de mon vieux gueux de beau-
père !

Je me suis présenté plusieurs fois chez M⁰
Billette sans arriver jamais à savoir exactement
le montant de ma dette. Un an après la mort de
M. Chevalier, M⁰ Billette vint cependant à bout
de me déclarer que je devais 22.000 francs, tant
en capital qu'en intérêts.

Je m'empresse alors de voir Dangé, je lui propose 20.000 francs pour le régler. Il rejette ma
proposition en me déclarant que mes déboires
ne le regardent pas et qu'il ne veut rien perdre.

—D'ailleurs, ajouta-t-il, j'ai vu M. Chollet, de
Francueil qui m'a affirmé qu'il se serait chargé
de vendre votre propriété 40.000 francs. Il a ajou-
té que vous l'aviez affermée pour me faire tort.

Qu'on juge de ma stupéfaction ! C'est vrai que
j'avais peut-être eu tort de ne pas charger M.
Chollet de vendre mes propriétés ; je lui avais
fait perdre 5 p. 0/0 de commission ! c'est bon

une commission! ça grossit la fortune, la fortune grossit la considération, et la considération amène les palmes académiques!

Dès ce moment je compris que les plus grands fléaux allaient tomber sur moi et que ma fortune allait s'en aller au souffle des tempêtes judiciaires!

Le coup de foudre ne tarda pas à éclater, la rafale se déchaîna dans le courant de Juillet 1894.

Un huissier arrive pour opérer la saisie; je lui présente mes baux portant fermage de la maison meublée et des ustensiles de culture.

Les fermiers mettent opposition à la saisie.

Le notaire dénonce les baux comme frauduleux et réclame des dommages et intérêts au nom de son client.

Où pouvait être la fraude de ma part? Je n'avais pas vendu les biens, le capital était donc intact. Quant au montant du fermage il pouvait être touché intégralement par le créancier, ses intérêts n'étaient donc pas lésés puisque les produits de la propriété dépassaient à peine 750 francs, prix du fermage.

Les hommes d'affaires trouvaient la chose superbe... pour eux. Elle était en effet excellente!

L'affaire se lance devant le tribunal qui nomme un sequestre et ordonne la vente des récoltes sans s'occuper des oppositions mises par les fermiers.

Le sequestre jubilait.

6

— Deux affaires comme ça par an, disait-il,
me suffiraient pour faire ma fortune !

Dangé avait dénoncé mes baux comme frauduleux. Le président du tribunal avant de nommer le sequestre m'avait fait citer devant lui
ainsi que les deux témoins. Nous avions choisi
pour avoué M. Lelièvre auquel nous avions
montré notre citation.

— Inutile de vous présenter devant le président, nous dit-il ; j'irai seul et je ferai l'affaire.

Naïfs que nous étions, nous avons laissé notre
avoué aller seul chez le président, alors que nous
devions nous présenter nous-mêmes en personne.

Dangé avait choisi pour avoué Me Melin qui,
dit-on, a l'oreille du tribunal. Je ne sais si c'est
vrai ; ce doit être un bruit de coulisse, car je suis
sûr que seule la loi a l'oreille du tribunal ! Les
magistrats ne se laissent guider que par leur
conscience !

Avant la saisie immobilière, un homme d'affaires que j'avais consulté m'avait affirmé que
j'avais le droit de vendre mes biens et que le
seul droit de mon créancier était de mettre une
surenchère à la vente.

Je suis ce conseil. Mon fils qui habitait le
Chili et qui tenait beaucoup à cette propriété
qu'il avait vue bâtir et planter m'envoie sa procu-
ration pour l'acheter en son nom. Comme sa pro-
curation s'adressait à moi, j'avais besoin d'une
tierce personne afin de signer pour lui. Je trouve
un ami. Je fais passer l'acte de vente. Je le fais
enregistrer. Quelques jours plus tard l'huissier

porte son acte de saisie au bureau des hypothèques? il apprend avec étonnement qu'il y a
vente et que sa saisie est nulle.

Comment dépeindre la fureur de Dangé et de
toute la bande!

Une nouvelle assignation nous arrive, à moi
et aux fermiers pour avoir à paraître en référé
devant le président du tribunal civil.

Cette fois les fermiers et moi nous sommes
bien déterminés à paraître en personne devant
le Président, nous partons au tribunal.

— Attendez-moi un instant dans les couloirs
nous dit M⁰ Lelièvre; je vais vous introduire
quand il sera temps.

Nous attendons un quart d'heure. Lelièvre ap-
paraît alors et nous dit : — c'est arrangé, inutile de vous présenter.

Nous étions furieux. Nous l'avons changé,
mais ça n'a pas amélioré l'état de nos affaires!
Plus on change et plus c'est la même chose dans
ces affaires de procédure.

Quelques semaines plus tard — car les affaires
sont toujours remises, il ne faut pas aller trop
vite en matière civile! — le procès de mes baux
s'appelle. Daveau, mon premier fermier, ne paraît
pas, il est écœuré de tout ce qui se passe; il a eu
tort de faire défaut. Fillion se présente, il gagne;
son acte de fermage est déclaré valable. L'affaire de Daveau est renvoyée à quinzaine.

C'était à mon tour de paraître ainsi qu'au tour
de mon intermédiaire.

Dès les premières paroles du président Mau-
rice j'ai compris que j'allais être condamné.

— C'est vous, me jeta-t-il, qui êtes le fils du père Priou de Civray !

Je ne me laisse pas intimider je raconte l'affaire avec détails ; je fais valoir la justesse de mes droits et la loyauté de mes intentions qui, manifestement, ne causaient aucun préjudice à Dangé puisque ses droits de surenchère restaient entiers.

Rien n'y fit, la vente fut déclarée nulle et je fus condamné à mille francs d'amende, oui à 1000 francs ! C'était pour m'aider probablement à payer plus facilement mon créancier. Pourquoi me plaindre ? A quoi aboutiraient de vaines récriminations ?

La justice, qui rend des arrêts toujours équitables, ruine en même temps admirablement par la singularité de sa procédure.

D'autres que moi ont eu à souffrir et ont été plus maltraités ; je ne citerai que ce vaillant journaliste que sa plume courageuse mit à la tête de tous nos écrivains de Touraine et qui vit se déchaîner contre lui toute la meute des fanatiques, des repus et des pervers. Il savait révéler les turpitudes des grands, les grands se coalisèrent pour comploter sa perte. Ils réussirent. Un jour le nom de cet homme, que je ne nomme pas et que tout le monde désigne sera grand parmi les écrivains de notre époque. La réhabilitation se fera ! La justice de l'avenir reprendra ses droits !

Daveau, refusant de se présenter devant le tribunal, me pria d'accepter la résiliation de son bail. Ce que je fis pour lui éviter des désagréments et des frais. C'était peut-être plus sage que de plaider.

Je m'empressai de faire savoir à mon fils ce qui s'était passé. Du fond du Chili mon fils m'envoya une lettre indignée que je ne puis transcrire ici parce qu'elle me vaudrait les rigueurs de la justice. Dans cette lettre mon fils comparait la France au Chili et se demandait où était la vraie civilisation. Il voulait, à toutes instances, me voir aller en appel. Mais j'étais trop dégoûté pour poursuivre cette affaire d'autant plus qu'il me fallait donner une forte provision à l'avoué d'Orléans et payer d'avance mon avocat d'appel. Ce qui me révoltait c'est que j'avais payé les droits d'enregistrement de ma vente à mon fils et que la vente ayant été déclarée nulle, l'Etat m'en refusa le remboursement. Comment qualifier une pareille façon d'opérer !

L'Etat fait payer, par ses employés d'enregistrement, une certaine somme pour une vente quelconque.

Le même Etat, par ses tribunaux, déclare nulle cette vente ; et cependant il ose garder le montant des droits d'enregistrement qu'il a encaissé !

Telle est la logique et la moralité de la législation française !

Abreuvé d'amertume, dégoûté des hommes de loi, je laissai tout aller à la dérive et j'abandonnai l'affaire.

Je n'étais pas cependant au bout de mes pelotons. Le 30 juillet 1895, mes deux gendres m'assignent à huitaine devant le tribunal civil à Tours pour m'entendre condamner à leur payer le montant de la ferme des biens que leur grand-père leur avait laissé pour testament.

Je m'attendais à cela. Le dernier coup d'assommoir devait m'être appliqué par des membres de ma famille. Il fallait bien m'achever ! mes gendres trouvaient n'avoir pas eu assez de biens qui m'appartenaient par ordre de nature. Cependant, avant de paraître au tribunal, par je ne sais quel reste de pudeur ou grâce à une intervention étrangère, ou par ordre supérieur, mes gendres m'écrivent de me rendre chez leur avoué pour résilier le bail avec engagement de cesser toute poursuite.

J'avais hâte d'en finir avec ces deux particuliers. Je me rendis, je signai et je partis... Qu'ils aillent..... où ils voudront. Je ne connais plus ce monde-là ; je ne veux cependant pas les maudire, je ne veux que les plaindre. Je ne voudrais pas laisser germer en moi des sentiments bas et rapetissants, ce serait me rapetisser. J'oublie, J'oublie ceux qui m'ont traqué comme une bête fauve, ceux qui m'ont acculé dans l'antre de la misère, ceux qui peut-être voudraient me voir mourir de faim !

Je termine par un mot à propos du fameux Dangé, mon créancier. Je lui avais offert 20.000 francs. M. Chollet lui avait déclaré que la vente de mes propriétés se monterait certainement à 40.000 francs. Il n'avait donc qu'à laisser faire. De cette façon il eût été payé intégralement et il me fut resté à moi de 10 à 12.000 francs qui auraient assuré le reste de mes jours et garanti ma vieillesse. Il est vrai que huissiers, avoués et avocats, toute la bande, n'auraient rien touché, ce qui eût été, pour eux, une véritable calamité.

Pierre Alexis Priou fils de l'auteur

Ces messieurs n'ont-ils pas un droit indéniable et primordial sur tous les biens des citoyens ; ils ont la grosse et la grasse part ! Dange s'en est bien aperçu ; si j'ai été ruiné il a perdu une somme considérable dans les frais de ce coûteux procès qui lui sont exclusivement tombés sur le dos. Juste châtiment de son imprévoyance et de sa dureté ! Il lui reste cependant un moyen de rentrer dans ses fonds, c'est de s'adresser à tous ceux qui l'ont si tristement et traîtreusement conseillé.

Quant à moi, je commence à me faire vieux. Un jour peut-être si j'avais le malheur de perdre ma compagne, je me verrais réduit à la misère. Je caresse un espoir, c'est que mes filles et mes gendres bienveillants, surtout les deux héritiers, s'empresseraient de me tendre la main pour... me conduire à l'hôpital ! J'y songe, ils devraient payer pour moi... ce serait grave !

Mais pour me consoler de mes tribulations et de ces menaces d'avenir il me reste les affections de deux êtres qui me sont chers, de ma femme adorée dont les bontés sont sans égales et de mon fils Pierre Alexis qui occupe au Chili une situation honorable et qui me prouve de toutes les manières l'affection filiale qu'il porte à son père. Je donne ici son portrait afin de perpétuer le souvenir de ce fils tant aimé et si digne de l'être.

FIN DE LA PREMIÈRE PARTIE

DEUXIÈME PARTIE

—

Une Page de Politique

—

J'ai parlé des aventures de ma vie, avec l'espoir que mes lecteurs en tireront un profit.

Je veux maintenant retracer les mœurs de la contrée que j'ai habitée pendant de longues années, depuis la révolution française jusqu'à nos jours, afin de démontrer à mes contemporains que le progrès si merveilleusement commencé en 1789 s'est tristement arrêté au déclin de notre dix-neuvième siècle.

Tout en m'attachant aux grandes lignes de la politique j'entrerai dans les détails spéciaux des coutumes de nos contrées.

Il faut qu'on connaisse bien les us et coutumes des travailleurs de nos campagnes afin de les apprécier à leur juste valeur.

Pendant de longues années, le peuple, travailleurs et bourgeois, avait effroyablement souffert de la tyrannie des seigneurs et du despotisme des rois. La foudre révolutionnaire avait éclaté sur la France et avait soulevé la poussière qui recouvrait tous les plus effroyables abus.

La liberté avait été proclamée, l'égalité avait été acclamée, la fraternité s'était affirmée sur vingt champs de bataille. Le peuple commençait à compter, le bourgeois aussi dédaigné que le vilain, allait enfin avoir sa place dans les rouages du pouvoir. Combien grandes avaient été les rages des anciens détenteurs du pouvoir ! Coblentz les avait vus s'unir à l'étranger et marcher contre leur pays, contre leur maître, contre la France. Tous traîtres à la patrie !

La déclaration des droits de l'homme et des citoyens fut votée par la plus auguste et la plus libérale des assemblées. Admirables paroles ! Merveilleuses sentences ! Que sont-elles devenues dans la réalité de l'existence ? Nous aurons occasion de l'étudier dans la suite de ces considérations générales.

Si les grands seigneurs étaient opposés à la révolution, le clergé, le haut clergé surtout, saisissait toutes les occasions pour manifester ses oppositions et ses rages. Malheur lui en advint. Les représentants de l'époque révolutionnaire appliquant cette parole que devait dire plus tard Gambetta : *Le cléricalisme voilà l'ennemi*, s'empressèrent de balayer tous ces embrigadés de Rome et de rendre à la Nation des monuments qui sont sa réelle propriété.

Mais l'époque de la réaction arriva, trop tôt hélas ! Le despotisme d'un Bonaparte étendit sa main sanglante sur ce peuple toujours crédule. Le premier acte de ce massacreur d'hommes fut de se tourner vers Rome et de bâtir avec le Pape ce contrat ignominieux qui s'appelle le Concordat.

Le clergé toujours réactionnaire, toujours anti-libéral, toujours assoiffé d'argent, se prit à palper les rentes de la France. A côté du droit pour eux de rentrer en possession des églises s'inscrivit le devoir pour les citoyens de les nourrir ! Monumentale anomalie ! Chaque citoyen, s'il veut vivre et manger, doit travailler pour lui, personne ne l'aidant. Le clergé, lui, n'a pas besoin de travailler, ce sont les travailleurs c'est tout le monde qui le nourrit !

Il se laisse faire, sans même daigner dire merci ! Il est roublard !

Une fois maître du pouvoir, le premier Bonaparte déclara la guerre à l'Europe. Des victoires étonnantes, des triomphes sans précédents, suivis de chutes effroyables ! Austerlitz et Waterloo ! Iéna et la retraite de Russie ! Quelles batailles de géants !

L'aigle s'abîma sur un rocher de l'Océan ! Pourquoi toute sa race n'y est-elle pas tombée avec lui !

Au moment de l'émigration des grands seigneurs français les anciens serfs se prirent à acheter quelques parcelles de terre, pendant que les bourgeois devenaient propriétaires des fiefs abandonnés. La terre commença à être convena-

blement cultivée, mais les guerres de l'Empire
enlevant tous les bras valides, nuisirent prodi-
gieusement à l'agriculture. Une foule de ter-
rains restèrent incultes. Les plaines de la Corneillerie, de Bellevue, et autres lieux situés au
nord du bourg de Civray se couvrirent de
bruyères ; le prix du blé doubla, la misère devint générale. Pour chauffer leurs fours, les
paysans, n'ayant pas d'argent, allaient la nuit,
chercher des fagots dans la forêt. Personne ne
les dénonçait, parce qu'à cette époque l'union
existait entre les voisins et les familles. Les
régisseurs des seigneurs partis à l'étranger ou
des acquéreurs des domaines abandonnés
étaient autant de tyrans dans leurs ressorts, ils
ne permettaient pas aux fermiers d'élever des
porcs sans leur autorisation spéciale. Malheur à
qui était surpris possesseur d'un de ces
animaux. Aussi les fermiers rusaient; ils cachaient
le cochon sous un toit couvert de bruyère ou de
genêts et masquaient la porte avec des fagots. Il
fallait bien tricher pour vivre !

L'époque de tuer le cochon était remarquable ;
elle amenait ce qu'on appelait, dans toute la
contrée, la ribotte du cochon. C'était habituellement vers Noël qu'avait lieu la ripaille familiale.
Je dis ripaille, une ripaille bien simple; on n'y
mangeait que du porc à toutes les sauces, dans
des plats et des assiettes qui n'étaient pas précisément en porcelaine, sans aucun de nos desserts raffinés, sans l'indispensable café d'aujourd'hui. C'était primitif ! Mais c'était cordial !
Quand arrivait le carnaval, les réunions recom-

mençaient, habituellement par groupes de trois
ménages ; le dimanche gras c'était chez le premier, le mardi chez le second, le dimanche des
brandons chez le troisième. Dans ces repas, à
l'occasion du carnaval, chaque famille apportait
ses plats de l'un chez l'autre. C'était moins
pour manger que pour se trouver ensemble et
se réjouir entre parents ou amis. Qu'on cherche
aujourd'hui cette union et cette cordialité dans
nos ménages modernes ! Hélas! On ne voit partout que la désunion !

Le lendemain de ces jours de fête on repre-
nait son travail pénible et son alimentation
grossière ! On ne se plaignait pas, on se trouvait
heureux parce qu'on trouvait autour de soi des
visages francs et sincères.

Et cependant on gagnait peu, 12 sols par jour
l'hiver et 20 sols l'été ; les propriétaires ne
payaient que 30 francs de l'arpent pour façons
de vignes.

A côté des grands seigneurs, rentrés sous
l'Empire. un certain nombre de paysans parvenus se posaient déjà en souverains. Ils avaient
acheté des biens nationaux pour un prix dérisoire; avec deux paires de bœufs certains d'entre
eux avaient acquis cent arpents de terre, l'arpent
représente dans nos contrées les deux tiers environ d'un hectare. Ils se faisaient appeler *maître*,
maître un tel... De graves personnages, quoi!
devant lesquels on se découvrait comme devant
les châtelains. Quelques-uns savaient à peine
lire, très peu savaient écrire. C'étaient eux que
le curé nommait fabriciens. Aussi comme ils se

rengorgeaient dans le banc-d'œuvre, et lorsqu'ils portaient les gros cierges en procession! Race de parvenus souvent pires que les grands seigneurs! ce sont eux qui sont devenus les bourgeois d'aujourd'hui, accapareurs de la richesse publique et des grasses sinécures gouvernementales. Les privilèges des temps passés se sont simplement déplacés!

Un usage, dans nos campagnes, avait établi ce qu'on appellait *les veillons*. Par esprit d'économie, les ménagères pendant les longues soirées d'hiver se réunissaient dix à douze chez l'une d'elles et travaillaient en commun, à la lueur d'une chandelle de suif plantée sur un guéridon. La réunion avait lieu d'ordinaire dans un cellier où le froid se faisait moins sentir que dans les chambres. Chaque ménagère arrivait à la réunion avec sa chaufferette en terre quand elle avait le moyen de s'en payer une, ou avec une vieille marmite fêlée garnie de charbon de bois. C'était un curieux spectacle que le *veillon*. Les jeunes filles y venaient comme leurs mères. Naturellement leurs amoureux et fiancés les y accompagnaient et comme ils ne pouvaient ni coudre ni filer ils s'étendaient sur des bottes de paille et égaillaient la veillée par des chansonnettes comiques. Tout ce monde riait, causait, chantait, racontait des histoires de revenants et de brigands, lisait les lettres envoyées par les soldats partis en guerre. Les jeunes gens faisaient de l'œil aux jeunes filles et s'amusaient quelquefois à éteindre la chandelle pour leur dérober un baiser furtif. Puis quand le *Veillon* était ter-

miné, l'amoureux accueilli comme fiancé, obte-
nait l'autorisation de reconduire sa prétendue.

Le Veillon

Mais la mère se tenait à côté des amoureux et ne
les laissait seuls que quelques jours avant le mariage.

C'était patriarcal!

Le travail des femmes, au *Veillon*, consistait
principalement à filer à la main avec un fuseau,
le chanvre serré en pompon au bout d'une ba-
guette; le tout, s'appelait une quenouille. Une
fois filé et pelotonné le fil de chanvre était porté
chez le tisserand qui avec son métier en fabri-
quait de la toile, d'ordinaire aussi épaisse que la
peau d'un bœuf. Cette toile était dure à la peau
les premières fois qu'on s'en servait mais elle
avait l'avantage de durer plusieurs générations.
Les hommes restaient à la maison où ils s'occupaient à faire des collets de crin adaptés à des

cordées afin d'aller aux alouettes en temps de neige. Pour s'éclairer ils se servaient d'une petite torche de chanvre de 30 centimètres entourée de résine ; c'était, on le voit, fort économique. Les allumettes actuelles n'existaient pas encore. On se servait de rames de chenevis coupés à 30 centimètres de longueur que l'on soufrait aux deux extrémités. Naturellement pour les faire prendre on se servait d'un charbon de feu. Pour avoir du feu le matin on le couvrait de cendres le soir. Et lorsque le feu s'éteignait la nuit, on allait chercher un tison en flamme chez le voisin dans un vieux sabot percé accroché à la cheminée. Il est facile de se rendre compte de l'ennui que causaient ces allumettes primitives pour les maisons isolées ; les ménagères devaient faire quelquefois cinq ou six cents mètres pour avoir du feu.

La célébration du mariage avait aussi ses particularités curieuses. Un artiste en violon qui n'avait jamais su un mot de musique arrivait à la maison de la mariée et commençait à jouer les plus beaux airs de son répertoire ; il en savait habituellement trois ! Qu'importe ! ça faisait du bruit, c'était l'essentiel. Mais avant de jouer il entrait à la maison et s'arrosait abondamment le gosier afin de donner de la sûreté et de la justesse à son archet. Les *noceux* arrivaient sans se presser et vidaient les pichets étalés sur la grande table.

Enfin, la mariée était prête et le cortège se dirigeait vers la mairie où le magistrat lisait tant bien que mal la formule légale, faisait dire les oui matrimoniaux et embrassait le premier la mariée : il était presque toujours de la noce.

Les nouveaux mariés se dirigeaient alors vers l'église. Après la cérémonie, ils trouvaient sur une vieille table dressée en plein air, ce qu'on appelait la *Soupe de la Mariée*. Cette soupe au lard était couverte de poivre avec force carottes, pommes de terre et oignons, un véritable mortier, tant c'était épais ! Pour la manger on avait eu soin de mettre sur la table une cuillère et une fourchette toutes déformées. Les mariés goûtaient à la soupe, le garçon et la fille d'honneur en faisaient autant, au milieu des éclats de rire de l'assistance.

Quelle pouvait être la signification de cette soupe et de ces vieux ustensiles ? C'était sans doute pour apprendre aux nouveaux époux à se contenter de peu dans la suite de leur existence.

Au sortir de l'église, le cortège se mettait en ligne, violon en tête, mariés à la suite et tout le monde allait se mettre à table. Depuis un certain nombre d'années, les hommes et les jeunes gens entrés à l'église à la suite des époux s'empressent d'en sortir et d'aller passer le temps de l'office au café voisin !

Une fois à table on n'en sort plus, les vieux y restent jusqu'à deux et trois heures du matin ; les jeunes vont danser. Ce qui se consomme de cochons, de poulets, de canards, de gâteaux, c'est effroyable ! ce qui se vide de tonneaux, c'est à ne pas croire ! Le vin et l'eau-de-vie du cru coulent à pleines rasades.

L'heure de rigoler, ou plutôt de continuer de

rigoler arrive. Les jeunes gens vont quelquefois attacher une corde au pied du lit nuptial ; cette corde passe sous la porte et lorsque les époux sont couchés, au moment psychologique, les jeunes gens donnent une forte secousse au lit en tirant vivement la corde ; ça trouble les mariés dans leur importante besogne, comme vous le pensez bien ! Ils en sont quittes pour la recommencer !

Lorsqu'une famille marie son dernier enfant, garçon ou fille, un usage veut que le lendemain on brûle tous les balais de la maison et qu'on casse tous les pots. D'ordinaire on dressait un énorme pot au bout d'un bois planté en terre et les hommes tiraient dessus à qui l'abattra, les jeunes filles se bandaient les yeux et armées d'un bâton elles tâchaient de briser le pot, celle qui était assez adroite pour l'atteindre, était ou devait être la mariée dans l'année.

La fête nuptiale qui durait quelquefois trois jours se terminait par un grand feu de joie !

Le lendemain dès cinq heures du matin tout le monde était au travail !

Sous les Bourbons, Louis XVIII et Charles X, la terreur blanche et le régime des curés ont terrifié le pays. Il en est tombé des têtes surtout dans le midi ! Dans notre contrée, tout le monde faisait le mort, tant la terreur était grande !

Sous Charles X, les missionnaires de toute
robe et de tous calibres, se mirent à envahir nos
campagnes et à prêcher dans toutes les communes. Il fallait le dimanche, passer presque
toute la journée à l'église; sur semaine on devait
se rendre au salut et y rester la moitié de la nuit
à entendre des absurdités et à chanter comme
des aveugles :

> Accourez, peuple fidèle,
> Venez à la mission.
> Le seigneur qui vous appelle
> Veut votre conversion!

Il eut été mauvais de rester chez soi, au lieu
d'aller à l'église! Il eut été dangereux de lancer
la plaisanterie même la plus anodine sur les curés, sur les missionnaires et sur toutes les sottises
qu'ils débitaient! On eût été immédiatement
marqué à l'encre rouge. Et le cas n'était pas
rare, parce que le régime des curés avait
amené le régime des mouchards; celui qui
vendait les autres était le préféré, il était récompensé.

C'étaient les mariniers qui n'étaient pas contents! Il leur était défendu le dimanche de
mettre à la voile, sous peine de péché mortel et
de forte amende. Qu'on apprécie toute l'étendue
du préjudice qu'ils subissaient par ces lois dra-
conniennes, alors que n'existaient ni routes ni
voies ferrées.

Un jour de retard, qu'ils laissaient passer le vent
favorable qui enflait leurs voiles, amenait souvent
un ou deux mois de retard pour la livraison des

marchandises! Aussi ils en juraient des trem-
blements de B. D. contre les moines, contre les
missionnaires, contre les curés, contre le bon
dieu et contre le gouvernement !

Pour terminer les interminables missions on
plantait ce que l'on appelait *la croix de la mis-*

Les cœurs à la croix

sion. Toute la population était tenue d'assister à
la procession et à l'érection de la croix qui était
d'ordinaire élevée dans un carrefour, à l'embran-

chement de quatre chemins. Devant les curés devant le missionnaire, devant la croix tout le monde devait mettre deux genoux en terre et fléchir la tête jusqu'à terre. C'était l'abrutissement ! Ce n'était pas tout, ordre était donné d'avoir à planter son cœur, un cœur d'argent à l'arbre de la croix. Les paysans grimpaient sur les épaules les uns des autres et d'une main mal assurée clouaient leur cœur au poteau élevé, et lorsqu'ils passaient ils disaient :

— Tiens, voilà mon cœur !

— Tiens, voilà le mien !

On croit rêver en écrivant ces détails qui sont pourtant l'exacte vérité !

La superstition, basée sur l'ignorance dans laquelle le peuple était tenu, régnait sur toute la ligne. Les revenants, les sorciers jouaient un rôle considérable dans la contrée.

Un homme ne serait pas passé seul, à minuit, à l'endroit dit : les 4 chemins, près le bourg de Civray où était élevée la croix de mission : il aurait eu peur d'être enlevé par des fantômes qu'on disait hanter cet endroit. Il en était de même de la fontaine Besnard située au-dessus du bourg, au pied d'un petit bois ; on disait que le diable s'y tenait en permanence !

———

A cette époque le service militaire était de sept ans. Durant cette longue période, le jeune soldat ne revoyait presque jamais sa famille et comme d'ordinaire il ne savait ni lire ni écrire il n'écri-

vait que deux ou trois fois, tant il avait de peine
à trouver un camarade pour lui faire sa lettre, et
cette lettre mettait quelquefois deux ou trois
mois à parvenir à ses parents.

C'était un événement quand une lettre arrivait au pays. Le père heureux du message que
lui envoyait son gars s'empressait de la porter
chez le curé qui seul ou presque seul savait lire
et écrire! Le curé écrivait la réponse. Naturellement il l'agrémentait de conseils et d'exhortations où le bon Dieu, la Sainte-Vierge et tous
les saints du paradis occupaient une place considérable. L'abrutissement parti de la cure du
village allait perpétuer la crédulité du pauvre
diable de soldat.

En sortant de chez le curé, les pauvres gens
informaient les voisins de la bonne nouvelle.

— Jacquot, Pierrot, Berry, Charlot a écrit, il
est à l'armée de la guerre, à plus de cent lieues.
Cent lieues c'était le bout du monde!

Les Français des grandes villes — car les
campagnes ne pensaient pas — eurent bientôt
assez du fameux Charles X. Paris détrôna ce roi
bigot et tyrannique et proclama à sa place Louis-
Philippe dont le père, Philippe-Egalité, était
mort sur l'échafaud.

Le nouveau roi affecta des airs de libéralisme
et laissa le peuple se débarrasser un peu de la
servilité de la prêtraille. Les idées d'émancipation, parties des grandes villes, eurent bientôt

pénétré jusqu'au fond des campagnes. La noblesse bouda ; la bourgeoisie commença à relever la tête ; le petit peuple resta grosjean comme devant : son ignorance était tellement grande qu'il ne savait rien des affaires publiques. D'ailleurs pour être électeur il fallait payer *le sens*, c'est-à-dire un impôt assez considérable de 200 francs pour élire les députés, de 30 francs pour élire les conseillers municipaux. Dans les communes rurales, c'est à peine s'il y avait cinq ou six électeurs.

C'est le triomphe de la bourgeoisie !

Le châtelain, qui d'ordinaire était pair de France, restait maître absolu de la contrée ; il dictait les arrêts aux juges de paix, aux juges des tribunaux de première instance, aux magistrats de la cour d'appel. Les paysans et les propriétaires qui s'avisaient de lutter contre le châtelain pour empiétement de terrain étaient sûrs d'être battus d'avance. Le comte de la Pinsonnière, qui était pair de France, et seigneur de Civray, a ruiné quatre ou cinq petits propriétaires en plaidant avec eux pour du terrain qu'il leur avait volé.

Ce qui entretenait l'ignorance et la servilité de nos campagnes c'est que les trois quarts des habitants n'étaient jamais sortis de leur village. C'était une merveille d'aller à Montrichard, à Amboise, à la pagode de Chanteloup. C'était une heureuse fortune d'aller à Tours ! Voir Tours et mourir !

Quand les petits propriétaires furent assez riches pour avoir une charrette ou une carriole, ils s'entendirent quinze, vingt, pour faire le voyage du chef-lieu. On s'entassait dix, douze, quinze dans la bagnole et on partait à une heure du matin, d'ordinaire le 15 août, la bonne dame d'Août. Ou s'arrêtait à la barrière de Saint-Pierre-des-Corps, où chacun tirait ses provisions des vastes paniers et on mangeait sur l'herbe : c'aurait coûté trop cher dans les hôtels ou restaurants de la grande ville ! Toute la journée on courait de la cathédrale aux portes de fer, de la Tour Charlemagne à l'église de Lariche ! On revenait émerveillé ! Les enfants, les jeunes filles, les jeunes gens qui étaient restés au village disaient :

— Ce sera mon tour l'an prochain, mon p'pa me l'a promis !

On rentrait à deux heures du matin et à quatre heures on était dans les champs !

C'est à cette époque qu'ont été instituées les *assemblées* des communes, réunions à dates fixes dont chaque commune eût la sienne, pour favoriser le commerce et émanciper le peuple. C'était l'époque des réunions de famille, de village à village, de bourg à bourg. On recevait ses parents, ses amis, ses connaissances, on les faisait promener dans l'assemblée ; le mois d'après ou l'année suivante, on allait voir ceux qu'on avait reçus. C'était un commencement de fraternité, une occasion d'émancipation. Pendant que la jeunesse se promenait, dansait, montait les chevaux de bois, les hommes s'entretenaient des évènements politiques et des affaires de la France. Le réveil se faisait ; les grands principes de la révolution, étouffés par trois règnes rétrogrades, revenaient en souvenance !

Les mœurs étaient sévères. Les jeunes gens et les jeunes filles pouvaient s'amuser à l'assemblée, mais tous devaient être rentrés au coucher du soleil. Les domestiques, surtout les servantes qui n'auraient pas été rentrés à l'heure fixée auraient été congédiés le lendemain. Un jeune homme qui n'avait pas fait son service et qui se permettait de porter moustache était ridiculisé par tout le monde, tout comme celui qui osait fumer !

La poussée vers le progrès était si forte que le gouvernement se décida à envoyer des instituteurs dans un grand nombre de communes. La loi Guizot est un progrès qu'on ne saurait contester. Mais cette loi n'institua que des écoles cléricales dont le catéchisme était la base et le curé le surveillant. N'importe ! On apprit à lire, à écrire, à calculer ; on en arriva à se passer du curé pour les correspondances, pour les affaires de famille ; on se mit à lire quelques journaux. La lumière pénétrait peu à peu dans les cerveaux attardés.

Le luxe commença à s'introduire aussi dans nos campagnes. La grande cornette des vieilles ménagères fit place chez les jeunes femmes, au bonnet à plis, à dentelle d'une véritable richesse. Les robes restèrent longtemps courtes ; on ne prit que plus tard les traînantes ou balayeuses avec lesquelles les femmes de nos jours peuvent à peine marcher.

Les femmes ne portaient que des sabots pour chaussures. C'était plus commode et plus économique. L'usage de souliers était presqu'inconnu. Lorsque mon père avait fait sa première communion, sa mère avait emprunté les souliers d'un enfant d'un riche voisin. Au village de Vaux, habitait la famille Delagrange ; lorsque leur fils Elie fit sa première communion, ses parents, pour se singulariser, lui achetèrent une paire de souliers. Naturellement l'enfant ne les a pas usés puisqu'il ne les a portés que deux ou trois fois. Eh bien ! ces souliers ont servi à plus de dix enfants. C'était à qui les retiendrait d'avance pour son enfant :

— Dis donc, Delagrange, mon fils fait sa première communion l'an prochain, je te retiens les souliers d'Elie.

Delagrange promettait au premier qui les demandait ; tant pis pour les autres ; ils avaient parlé trop tard.

Ce détail peint bien les mœurs patriarcales de cette époque !

———

C'est sous le règne de Louis-Philippe que se firent le grand nombre de routes et de chemins qui rendirent tant de services à l'agriculture et que commencèrent à se construire les premiers chemins de fer qui devaient plus tard effacer les distances et préparer la fraternité des peuples.

Ces progrès matériels étaient imposés par la marche des choses. Toutes les nations, quel que soit leur régime politique allaient de l'avant sous l'effort du génie et de la science !

Mais la science n'était encore que le privilège du petit nombre. Le peuple lisait peu. A Civray un seul journal y parvenait c'était *le Constitu-tionnel* que le châtelain et le curé recevaient. Le paysan, le vigneron, le petit propriétaire ne savaient pas un mot de la politique.

Mais cet état d'ignorance ne pouvait durer. L'instruction pénétra jusqu'au fond de nos campagnes ; les bourgeois, les gros propriétaires envoyèrent leurs enfants dans les collèges ; un bon nombre de jeunes gens du peuple abandonnèrent la culture et se firent huissiers, avocats, avoués... etc. A mesure que l'instruction pénétrait dans les masses le joug du gouvernement clérical et bourgeois de Louis-Philippe devint de plus en plus intolérable.

La Révolution de 1848 éclata. Le roi bourgeois s'empressa de se sauver en Angleterre, et la République fut proclamée. Il sembla qu'un souffle de la vieille liberté de 1789 passa sur la France pour la régénérer. Des hommes libéraux se mirent à la tête du nouveau gouvernement : Lamartine, Blanqui, Barbès, Raspail, Le Dru-Rollin.

Mais il faut l'avouer le peuple n'était pas né, encore, pour la liberté !

Napoléon-Bonaparte osa poser sa candidature à la présidence de la République. Le peuple oublieux des flots de sang que son oncle avait fait couler aux quatre coins de l'Europe et jusqu'en Egypte, se laissa gagner par la bourgeoisie et par le clergé. Plus de cinq millions de suffrages acclamèrent celui qui devait être plus tard Napoléon le Petit.

Malgré les résistances et les attaques des lutteurs de cet époque, les Victor-Hugo, les Raspail, les Barbès, les Ledru-Rollin les Félix Pyat, le traître président osa faire son coup d'Etat en 1851; il se fit proclamer empereur par la meute bourgeoise, cléricale et capitaliste que soutenaient l'armée et la magistrature. Alors commencèrent les proscriptions. Bon nombre de citoyens durent gagner la terre d'exil; trois ou quatre républicains avancés furent mis en prison par canton. La terreur régnait dans nos campagnes. Les ménagères disaient à leurs maris en pleurant :

— Ne dis rien, je t'en prie; on viendrait te chercher. Qu'est-ce que je deviendrais avec mes enfants! Comme tu serais malheureux en prison!

Je me souviens d'un nommé Saget de la commune de Chisseaux. Ce courageux citoyen, vrai républicain de 1789 et conventionnel acharné, n'avait pu s'empêcher de protester contre l'attentat de Louis Bonaparte. Les juges de Tours, violant toutes les lois les plus sacrées et rampant servilement devant le nouveau despote, n'avaient pas crainte de condamner Saget à trois mois de prison. Les parents de cette noble victime firent toutes les démarches possibles pour la faire mettre en liberté. Rien n'y fit. Une fois sorti, Saget n'en fut que plus opposé à la politique du traître Bonaparte.

Le progrès, suivant une progression forcée, amena le bien-être général moins par le fait du gouvernement que par la force des choses.

Le haut commerce se lança, l'argent se prit à circuler, le travail amena l'activité et la richesse dans nos campagnes. L'arpent de vigne fut payé 50 francs pour façon au lieu de 40. Les garçons vignerons, de 180 francs, montèrent à 200 et 220 francs et les filles à 100 francs; la propriété se vendit de 20 à 30 francs l'are.

Les bourgeois, profitant de l'augmentation des biens, commencèrent à vendre leurs propriétés aux paysans qui les achetaient par parcelles. Les châtelains vendirent leurs biens à des spéculateurs qui firent fortune en les détaillant.

C'est à cette époque que commencèrent à s'élever les constructions des paysans qui jusqu'ici avaient été logés dans de véritable taudis. Je dis taudis! c'est la vérité. Toute la maisonnée était logée dans une grande chambre de vingt pieds carrés, au milieu de laquelle traversait une forte pièce de bois supportant deux planchers, et supportée elle-même par un énorme poteau de bois, autour duquel étaient accrochés les ustensiles des travaileurs, gourdes pour porter la boisson aux champs, faucilles pour moissonner — on ne connaissait pas encore la faulx...

En tête du poteau, on plaçait un bouquet d'épis de blé disposés en couronne; on choisissait, pour former le bouquet, le jour dit du *bérlot* qui était fêté par un grand banquet à la fin de la moisson, et comme ce jour-là bon nombre de moissonneurs se mettaient en gaieté par de fortes libations on les appelait des *berlots*.

Les vignerons avaient choisi le 22 janvier, jour de la Saint-Vincent pour faire leur fête. C'était un fameux jour dans dans tout le pays vignoble.

Je ne sais pourquoi, et personne dans la contrée
ne sait pourquoi ce saint a été choisi comme
patron des vignerons. Peu importe! On fêtait la
Saint-Vincent d'une façon extraordinaire. Naturellement on allait à l'église entendre chanter
des oremus par le curé.

Chaque année, la société des vignerons de
Civray était composée de huit quêteurs, deux par
chaque gros village; ils allaient un mois à
l'avance chez tout le monde; s'ils amassaient
beaucoup d'argent ils faisaient faire du pain béni
plus gros, et faisaient augmenter le poids du
cierge. Chaque année on nommait quatre
nouveaux quêteurs pour l'année suivante; les
quatre de l'année précédente les accompagnaient
à la quête — ça commence à se perdre — à
Civray les quêteurs mangeaient un peu du cierge
chaque année; ils en ont fait faire un en fer blanc
qui ne consomme plus que de la mèche.

Du temps que le cierge était en cire, il était
très lourd; on choisissait toujours le plus fort
pour le porter ce qui ne l'empêchait pas d'être accompagné par plusieurs en cas d'un faux pas. —
Dans la soirée les huit quêteurs portaient les
grignes de pain béni chez chacun de ceux qui
avaient donné; en dessous de 0,25 c. on ne recevait
pas de grigne; ces grignes étaient plus ou moins
fortes selon ce que l'on avait donné à la quête;
il y en avait qui donnaient 0,50, un franc, 2
francs.

Les distributeurs prenaient tant de libations
dans les maisons où ils portaient le pain béni,
qu'ils avaient peine à se rendre; le bal durait
toute la nuit et la majeure partie des paysans ti-

tubaient à ne pas gagner le lit.

Il n'aurait pas fallu rire de ces grotesques usages. Saint-Viencent! certes était plus puissant que Dieu ! Mais et le saint et son patron n'empêchaient pas les vignes de geler !

Mais le curé entretenait habilement ces pratiques superstitieuses; il y avait un gros profit, car chaque année, au tirage des cuves, il avait soin de faire faire la quête du vin, par un de ses anciens enfants de chœur. La récolte était abondante pour lui ; il recueillait d'ordinaire cinq à six pièces de vin de 250 litres, sa consommation pour l'année, — ça remplaçait la dîme !

Dans certaines communes, le sacristain ou bedeau faisait, lui aussi, la quête à son profit, mais il était tenu de sonner l'angelus à heure fixe, dès l'apparition du jour, et de mettre les cloches en branle dès qu'un orage était signalé, afin, croyait-on, de détourner la grêle et de la disperser au loin !

Vous pensez comme les nuages qui portaient la grêle et la foudre dans leur sein devaient être embarrassés quand vingt, quarante communes sonnaient leurs cloches ! Il paraît que plus d'une fois le tonnerre et la grêle furent assez irrespectueux pour s'abattre sur les clochers et pour les démolir eux et les imprudents sonneurs ! Cet usage stupide de sonner les cloches au moment de l'orage commence à se perdre. Heureusement !

Dans la commune qui n'avait pas de vigne, le curé faisait quêter du blé, des noix... Le curé de Sublaines, dont la commune est couverte d'une grande quantité de noyers, faisait quêter des

noix. Mais, peu à peu, le produit de ces quêtes
devint dérisoire. L'abbé Chevalier, curé de Civray
et président de la société archéologique, avait
chargé un jeune homme de quêter pour lui.
Quand le jeune quêteur rentra au presbytère,
après un long parcours dans son village, la bar-
rique où il déposait son vin pouvait avoir dans
ses flancs 30 litres de vin trouble.

— Je ne vous comprends pas, monsieur le
curé, lui dit-il, de faire faire une quête pour une
si minime quantité de vin.

— Ce n'est pas précisément pour moi, mon
cher Rongeard, lui répondit le roublard curé,
que je fais quêter, je m'en passerais bien, c'est
afin de ne pas recevoir de reproches de mon suc-
cesseur !

Quelle excuse !

Depuis longtemps cette quête a cessé à
Civray et dans presque toutes les communes de
la contrée.

Le progrès a tué la servilité !

Les vieilles masures dont je parlais plus haut
ont fait place à des maisons coquettes, plafon-
nées, tapissées, avec de larges ouvertures ouvrant
sur de superbes jardinets ornés de fleurs.

Mais ce bien-être général fit augmenter la
main-d'œuvre et grandir le prix de la propriété.
Les frais de culture dépassaient souvent les revenus. De là survint que les bourgeois se virent
dans la nécessité de vendre leurs biens ! c'était
à qui les achèterait. Les ménagères en parlaient
entre elles au *veillon* et poussaient leurs maris
à les acheter.

— Ça nous conviendrait bien, disait la femme ; achète ; on économisera pour payer ; il ne faut pas que le voisin en profite.

Le paysan jaloux achetait ; pour payer il comptait sur de bonnes années, mais la récolte manquant il était obligé d'emprunter. De là naquirent de grands embarras, et pour payer les intérêts qui grossissaient et pour payer les vignerons, les garçons et les filles de ferme dont les exigences allaient en grandissant. Un garçon valait de 5 à 600 francs ; une fille de 3 à 400 francs ; le vigneron prenait 100 francs de l'arpent.

Les charniers pour les vignes étaient payés 6 francs le mille et comme il en fallait 5000 par arpent on voit que c'était une grosse dépense.

Les maîtres propriétaires étaient plus malheureux que leurs serviteurs ; l'été, ils devaient se lever à 4 heures du matin et se coucher à 10 heures du soir.

Aussi comment dépeindre les ravages qu'opérait chez eux le surmenage du travail. A quarante ans les vignerons commençaient à se voûter, à cinquante ans ils s'avançaient en double. Pour se redresser les reins, ils avaient soin de porter une hotte pesamment chargée qui les forçaient à porter leur buste un peu en arrière.

Dominés par l'orgueil, il se croyaient obligés de mettre leurs enfants en pension ; c'eut été trop commun de ne les envoyer qu'à l'école communale ! De là des dépenses considérables qui attaquaient fortement le budget familial. Pen-

7

Les vignerons à 40 et 50 ans

dant les vacances, les camarades de pension s'invitaient les uns les autres; on donnait de grands repas à cette occasion. Les filles surtout prenaient des airs de grandeur extraordinaires au point que souvent elles avaient honte de leur mère, et qu'elles se gardaient bien de dire à leurs amies:

— Ce vigneron que tu vois là-bas c'est mon père!

Une fois sorties de pension, elles refusaient d'aider leur mère pour faire la cuisine, pour conduire les vaches aux champs et pour les autres travaux qui regardent les femmes. Il fallait prendre une servante pendant que mademoiselle s'occupait de sa toilette et promenait son inutile et vaniteuse personne. Antérieurement les domestiques mangeaient avec leurs maîtres; il n'y avait qu'une table.

A cette époque, on fit deux tables ; les domestiques mangèrent à la cuisine, les maîtres dans la salle à manger. La cordialité disparut. Les serviteurs devinrent les premiers ennemis de leurs maîtres, et, par ce fait, cessèrent de s'intéresser à la propriété de la maison qui les employait. Une hostilité sourde commença à germer dans les cerveaux des domestiques dédaignés, pendant que la jalousie divisait les familles.

— Voyez-vous ça ! mademoiselle porte chapeau ! Elle se croit plus riche que les autres !

Ainsi parlaient les filles qui n'étaient pas allées en pension et qui portaient toujours le bonnet blanc du pays. Ces dernières tout en respectant la mode de leurs aïeules, se vengeaient à qui aurait les plus riches dentelles, les fonds de bonnets les mieux brodés. Elles dépensaient quelquefois jusqu'à cent francs dans ces bonnets antiques. Elles savaient d'ailleurs que les jeunes gens qui cherchaient femme regardaient plus à la bourse du papa qu'à la coiffure de sa fille.

Aussi les parents pour établir leurs enfants ne cessaient de parler de leurs biens, de leur argent. Certains pour faire croire à une fortune qu'ils n'avaient pas se mirent à emprunter des sommes considérables par billets — à notre époque le possesseur d'un grand domaine trouvait à emprunter autant qu'il le voulait par billets, sans recourir aux hypothèques. Une fois en possession de ces sommes empruntées secrètement, ils se mirent à les prêter eux-mêmes par fractions de 300, 500 de 1000 francs à des petits

paysans qui commençaient à acquérir, mais en
prenant inscription hypothécaire sur leurs biens.
Ces étranges prêteurs allaient, tous les quatre
matins, à l'étude du notaire, soit pour prendre
des renseignements sur un tel, ou tel, soit pour
faire renouveler les inscriptions de sorte que les
badauds disaient :

— Est-il riche maître un tel ! En a-t-il de
l'argent !

C'était la bonne époque pour les notaires. Que
de paysans riches allaient mettre en dépôt en
l'étude de tel ou tel notaire des sommes considérables en les priant de leur trouver des prêts
hypothécaires ! Une fois la somme déposée, le
notaire de cette époque ne se pressait pas d'en
trouver le placement.

— J'ai voulu attendre, disait-il au déposant,
un placement sûr.

— Vous avez bien fait, monsieur le notaire.
Je vous remercie des attentions que vous avez
pour moi !

Naïf paysan !

Le notaire utilisait pour ses intérêts personnels, les capitaux du bonhomme ; il jouait à la
bourse, se lançait dans des spéculations hasar-
deuses et souvent se sauvait emportant le magot.

Les notaires, de cette époque déjà éloignée,
avaient leurs préférés parmi les prêteurs. Un tel
favorisé par le notaire, n'avait qu'une troisième
inscription.

— Attendez, lui disait le notaire, je vais vous
faire avoir la première inscription, de cette façon
si le débiteur fait de mauvaises affaires vous
serez payé le premier.

Sous prétexte de renouveler son inscription le notaire mandait le premier inscrit en son étude et par un tour habile il le faisait inscrire le troisième pendant qu'il plaçait son ami en première.

Lorsque la déconfiture du débiteur arrivait, le paysan troisième inscrit perdait son argent. Il adressait de vifs reproches au notaire.

— Mais je croyais être en première hypothèque.

— Je le croyais aussi ! C'est la faute de mon clerc. Je vais le tanser d'importance !

Le tour était joué !

Mais des tours de cette sorte ne tardèrent pas à perdre la confiance que le pays avait dans ces officiers ministériels. Chacun voulut voir clair dans les actes des notaires, dans les notes qu'ils donnaient etc...

A cette époque, les notaires en prenaient à leur aise avec les paysans acquéreurs ; ils les faisaient venir dans leur étude et se hâtaient de leur lire rapidement l'acte d'acquisition qu'ils devaient signer immédiatement, quand ils savaient signer ; il ne leur était pas permis de faire la moindre observation, ni de discuter les clauses de vente et d'achat : le savoir et l'honorabilité du notaire étaient indiscutables.

Mais le paysan a fini par reconnaître que la plupart du temps, on abusait de sa bonne foi et de sa crédulité. Il a remarqué que lorsque les bourgeois avaient à signer des actes ils commençaient par s'installer dans le fauteuil que le notaire s'empressait de leur présenter ; et puis

lisaient attentivement le contrat de vente ou
d'achat, en faisant modifier ou enlever les clauses
qui ne leur plaisaient pas. Les paysans, devenus
défiants et instruits se sont mis à suivre cette
ligne de conduite. Bien roublard serait le notaire
qui les tromperait aujourd'hui!

———

Au commencement du second empire les
maires de toutes les communes de France furent nommés par les Préfets : les maires étaient
des agents du pouvoir avant d'être des représentants des intérêts communaux. Souvent même
les maires étaient pris en dehors du conseil municipal.

Les protestations ont forcé le gouvernement
impérial à prendre les maires dans le sein du
conseil municipal ; mais le pouvoir autocrate,
sous prétexte d'arrêter les écarts des conseillers
municipaux a pris soin de faire nommer un conseil d'adjonction composé des plus imposés de
la commune. C'était l'arrêt forcé de tout progrès, attendu que ces gros propriétaires s'oppo-
saient généralement à toutes les dépenses nécessaires au bien de la commune. C'était le Sénat
démolissant les œuvres de la Chambre des députés. Les plaintes, les protestations de tous les
conseils municipaux de France sont parvenues à
faire disparaître cette institution rétrograde.

———

Le règne des curés battait son plein à cette époque; l'administration, tout en ayant l'air de rester indifférente à leur égard, les appuyait de tout son pouvoir. Malheur au maire qui n'avait pas la faveur du curé, il était sûr de trouver autour de lui et dans les sphères préfectorales toutes les oppositions. Mais ce pouvoir alla s'affaiblissant, les maires affirmèrent leur indépendance, les instituteurs tenus si longtemps en laisse purent enfin respirer en dehors de l'atmosphère cléricale, les populations se prirent à laisser de côté les pratiques religieuses. Les églises devinrent désertes; la foi aux vieilles superstitions et à la puissance des saints disparut sensiblement : la raison, la saine raison prit dans les esprits la place des doctrines ridicules et absurdes.

Le travail ne cessait le dimanche qu'à midi, excepté les grands jours de fête où toute la population, pour se voir, allait encore à la messe. Mais les simples dimanches, quelques femmes et jeunes filles allaient encore à l'église moins pour y prier que pour montrer leurs toilettes et faire admirer l'élégance de leurs chapeaux et bonnets. C'était pour l'église le commencement de la décadence, décadence qui s'accentue de jour en jour.

L'Empire fut l'ère des guerres et des grandes guerres qui dépeuplèrent nos campagnes en nous prenant, pour sept d'abord, pour cinq ans ensuite, la partie la plus vigoureuse des travailleurs. Une iniquité monstrueuse de cette époque c'était le rachat à prix d'argent. Quiconque pos-

sédait 2000 francs pouvait se racheter et éviter
le service militaire. Un autre partait à sa place,
se battait à sa place. C'était monstrueux et dans
son principe et dans ses conséquences. Dans son
principe! Est-ce que le sang du riche vaut mieux
que le sang du pauvre! Est-ce que la France doit
donc être moins défendue par le riche que par le
pauvre? On parle de patriotisme ; mais le patriotisme doit donc être le privilège des classes déshé-
ritées?

Dans ces conséquences, pendant que le fils du
riche restait chez lui, s'établissait, s'occupait de
ses affaires, grandissait son capital, se mariait,
et gardait intacte sa chère personne, le fils du
pauvre allait courir le monde de Sébastopol à
Magenta, de Mexico à Pékin, et rentrait chez
lui, quand il y rentrait, avec des douleurs, des
infirmités, trouvant souvent son bien aux mains
des étrangers.

Cet état de choses devait amener de forts mé-
contentements et faire naître de vives oppositions, car il était évident que toutes ces guerres
ne profitaient qu'aux grands seigneurs et aux
bourgeois qui revenaient avec des grades élevés,
des titres, des décorations et des pensions pendant que les fils de paysans et d'ouvriers n'a-
vaient été que de la chair à canon.

Quand arrivaient les élections générales pour
la Chambre des députés la guerre était en permanence dans la commune, dans le canton, dans
le département.

Le gouvernement avait l'audace de présenter ouvertement son candidat officiel, personnage vendu à la dynastie impériale et prêt à trahir les intérêts les plus sacrés de la Patrie. La pression préfectorale s'étendait alors sur toute la contrée pour lui imposer son candidat de choix. Malheur aux employés des diverses administrations qui n'auraient pas fait de la propagande suivant les indications et les ordres du Préfet!

Ils étaient inexorablement sacrifiés.

A la mairie, les seuls bulletins du candidat officiel avaient droit d'encombrer les tables; ceux du candidat indépendant étaient rigoureusement bannis; ce dernier se vengeait de cet ostracisme, en faisant circuler ses bulletins de cafés en cafés, les billards en étaient couverts; les maisons des particuliers en étaient pleines.

Dans les premiers temps de l'Empire les électeurs des campagnes, par peur et par ignorance, votaient tous pour le candidat officiel. Mais peu à peu la lumière se fit, l'indépendance s'affirma, et les campagnards allèrent vers l'opposition contre le candidat préféré.

C'est de cette époque que datent la division au sein des communes et les préférences des administrations pour les électeurs complaisants. Que d'iniquités sous ce régime! Que de procès iniques lancés contre les indépendants. Le cafetier, l'aubergiste, reconnu comme dévoué au gouvernement, pouvait impunément violer la loi et les règlements : la gendarmerie ne l'inquiétait jamais, pas plus qu'elle n'inquiétait les consommateurs bien notés. Mais que d'entraves

apportées au commerce des cafetiers et auber-
gistes qui avaient le courage de se déclarer
libres dans leurs opinions !

A 10 heures du soir les cafés devaient être
fermés. A dix heures moins le quart les gendarmes envahissaient le café indépendant et
dressaient procès verbal au patron et aux consommateurs.

— Mais il n'est pas dix heures, criait-on de
toutes parts.

— Pardon, répliquaient les pandores, votre
pendule retarde, il fallait la mettre à l'heure.

Les protestations étaient inutiles, le procès-
verbal était dressé, le juge de paix condamnait
le cafetier à cinq francs d'amende et les consommateurs à un franc, plus les frais.

A la sortie de l'audience, les condamnés se rendaient chez le mastroquet voisin et maudissaient
en chœur l'Empire et ses soudards. L'opposition
grandissait, s'accentuait à nouveau à l'élection
suivante et préparait ainsi le renversement d'un
régime exécré.

Ce qui hâta l'avènement d'une ère nouvelle,
ce fut la liberté de la presse arrachée aux ramol-
lis de l'Empire. Les journaux se fondèrent partout, dans les préfectures et les sous-préfectures,
ils envahirent nos campagnes et commencèrent
à dénoncer les abus du pouvoir et les turpitudes
commises par le clergé. Chacun put lire les faits
et gestes de ceux qui osaient prêcher la morale
en l'outrageant odieusement. La religion ne se
releva pas des coups que lui porta la presse.

De plus, les parvenus qui avaient fait élever

leurs enfants au collège commencèrent à les marier en dehors de leur commune, à des ouvriers des villes, à des employés de commerce, à des bureaucrates. Ces alliances avancèrent rapidement les idées et semèrent l'indépendance dans les esprits.

Les voyages achevèrent l'éducation populaire. Ceux qui avaient à peine quelques petits revenus allèrent à Tours, à Nantes, à Orléans, à Paris: c'était aller à la lumière et à la liberté.

Les concours communaux, régionaux vinrent achever l'émancipation des travailleurs des campagnes. Des comités formés des sommités du commerce, de l'industrie et de l'agriculture se mirent à distribuer des médailles et des mentions honorables aux meilleurs vignerons, aux plus habiles laboureurs, dans une même maison ou chez le même maître. Les concours agricoles donnèrent encore des médailles à ceux qui avaient les plus beaux produits en légumes et en fruits, aux éleveurs qui présentaient les bestiaux les plus remarqués, chevaux, bœufs, porcs, moutons, volailles (etc).

Aussi c'était merveille d'entendre tous ces médaillés vanter les bienfaits du gouvernement de l'Empire. Napoléon leur faisait tuer leur fils dans des guerres interminables!

N'importe! c'était un brave empereur il leur donnait des médailles pour l'élevage de leurs bêtes! Il y avait plus que compensation!

Mais toutes ces ficelles gouvernementales n'empêchaient pas les clairvoyants de découvrir et de flétrir les bassesses et les duplicités d'un gou-

vernement hypocrite et tyrannique. Aussi lorsqu'arrivaient les élections des députés c'étaient
des batailles interminables, des menées scanda-
leuses, des tripotages déhontés. L'administration
soutenait ses candidats, la presse libre appuyait
ses partisans.

Je n'oublierai jamais les luttes acharnées qui
se produisirent lorsque M. Wilson posa pour la
première fois sa candidature. Il avait deux concurrents MM. Mame et Victor Le Febvre, le premier clérical et bonapartiste, le second républicain socialiste. L'administration se donna un
mal de tous les diables pour faire triompher la
candidature de Mame et pour battre ses deux
concurrents, l'un, Wilson parce que sans combattre l'Empire il affectait des airs d'indépendance, l'autre parce qu'il appelait le règne de
l'émancipation sociale.

Mame avait pour lui les gouvernementaux.

Wilson avait son or.

Victor Le Febvre avait ses convictions.

Ce fut l'or qui l'emporta. L'Empire fut battu
ainsi que le socialisme grâce à une propagande
sans précédents dans notre département. Le
rusé Wilson avait préparé son élection une année d'avance par ses visites dans les familles,
par des fêtes splendides au château de Chenonceaux devenu la propriété de sa sœur madame
Pelouse. Les femmes elles-mêmes, les vachères,
les gardeuses de dindons soutenaient la candidature de ce jeune et grand monsieur qui était
si aimable.

Mais l'Empire se fit libéral avec le ministère

Ollivier et l'heure du Plébiscite arriva. Par l'effet d'une aberration étrange ou plutôt par peur de l'inconnu que serait résulté d'un blâme, l'Empire parut consolidé par 5.000.000 de *oui*.

La France paya cher sa servilité devant l'idole Napoléonienne qui malgré ce triomphe, se sentait affaiblie par l'opposition persistante et grandissante des grandes villes.

Si les campagnes avaient donné des *oui* inconscients, les citoyens des grands centres avaient hautement affirmé leurs indignations contre ce régime bâtard.

Mais le plébiscite n'avait pas consolidé l'Empire; on sentait qu'un orage plus ou moins lointain s'approchait; la décomposition gouvernementale était profonde, plus profonde qu'on ne le supposait.

Où trouver un remède à une situation désespérée! L'impératrice et son entourage crurent le trouver dans la guerre; l'empereur en était arrivé à cet état de ramollissement cérébral qui annule presque la pensée.

Le gouvernement chercha une querelle d'allemand à l'Allemagne, une querelle sotte, stupide, inqualifiable. La guerre fut déclarée malgré les courageuses résistances des députés de la gauche.

Le peuple, abusé par la parole du maréchal Leboeuf : Il ne nous manque pas un bouton de guêtres, cria sur tous les tons : A Berlin! à Berlin!

Hélas ! l'armée allemande vint à Paris, après une campagne idiotement préparée, stupidement menée, traîtreusement conduite.

Entre temps l'Empire s'était écroulé, au lendemain de Sedan ou Napoléon le Petit, comme le baptisa Victor Hugo, fut fait prisonnier.

Je ne veux pas m'attarder à raconter ce que l'histoire rapporte avec multiples détails, mais je dois ici citer la lettre de Napoléon III à Guillaume. — Il est des pages qui portent avec elles leur enseignement.

Lettre de Napoléon à Guillaume

Monsieur mon frère,

N'ayant pu mourir au milieu de mes troupes, il ne me reste qu'à remettre mon épée dans les mains de votre majesté.

Je suis, de votre majesté, le bon frère,

NAPOLÉON.

Il n'a pu mourir au milieu de ses troupes ! Lui qui tout le temps de la bataille de Sedan est resté caché dans une des salles de la Sous-Préfecture !

Réponse de Guillaume

Monsieur mon frère,

Tout en regrettant les circonstances dans lesquelles nous nous rencontrons, j'accepte l'épée de votre majesté et je vous prie de me nommer un officier muni de vos pleins pouvoirs pour négocier la capitulation de l'armée qui s'est si bravement battue sous vos ordres. De mon côté, j'ai désigné le général de Moltke à cet effet.

Je suis, de votre majesté, le bon frère,

GUILLAUME.

C'était la fin de la dynastie napoléonienne.

Le 4 septembre la République est proclamée à Paris, aux acclamations de la France entière, sous le nom de *Gouvernement de la Défense Nationale.*

Je n'ai pas à faire ici l'historique de la fondation de notre troisième République ni de ses courageux efforts pour la continuation de la guerre, malgré des désastres sans précédents, malgré la désorganisation complète de nos armées, malgré la résistance des vendus à l'Allemagne. L'héroïsme de nos enfants fut à la hauteur du patriotisme des organisateurs de la guerre à outrance en tête desquels je tiens à saluer ici Gambetta !

Quand la guerre devint impossible par la trahison de Bazaine devant Metz et par la couardise de Trochu dans Paris, la paix s'imposa fatalement malgré nos ressources toujours renaissantes, malgré l'épuisement de l'armée allemande.

Notre territoire fut entamé ; nous perdîmes deux provinces et nous dûmes payer des milliards. La douleur et la gêne s'établirent à notre foyer.

Les élections générales arrivèrent. Les candidats firent de superbes promesses. Gambetta s'écria un jour : *Le cléricalisme voilà l'ennemi.* Partant de cette parole, les trois quarts des candidats à la députation s'engagèrent, dans leurs professions de foi, à réclamer la séparation de l'Eglise et de l'Etat et la suppression du budget des cultes. Cette promesse était accompagnée et suivie de beaucoup d'autres. Hélas! Après 25 ans de régime républicain, le clergé continue à encaisser les revenus de l'Etat, la religion catholique reste le culte reconnu, la liberté religieuse est toujours étranglée, et les principaux abus du gouvernement impérial restent en permanence sous la République qui régit la France!

Les députés, plus ils se succèdent et plus ils se ressemblent. Dans les réunions préparatoires aux élections, les candidats nous ont lancé de belles paroles. Quand un socialiste clairvoyant les invitait, en réunion publique, à formuler clairement et nettement leur déclaration, ils recouraient toujours à des subterfuges, cherchant à démontrer que l'heure des réformes n'était pas arrivée, que l'annonce de la suppression du budget des cultes assurerait le triomphe du candidat réactionnaire, que la réforme des impôts pourrait compromettre l'existence même de la République.

Nos députés s'appuient, d'ailleurs sur des hommes qui les valent: conseillers généraux, d'arrondissement, municipaux, maires, tout autant de hobereaux qui ne pensent qu'à monter en grade, sans se soucier des intérêts du peuple.

Pour soutenir leurs campagnes ils ont à leur solde des journaux qui vantent leurs talents, exaltent la sincérité de leurs opinions, chantent sur tous les tons leur dévouement à la chose publique.

Une fois nommés députés on ne les revoit plus, ils se tiennent systématiquement éloignés de leurs électeurs dont ils se moquent pas mal. Ils votent à la Chambre suivant leurs fantaisies, leurs caprices, ou leurs intérêts. Que leur importe à eux le prolétaire, le populo, le travailleur, le miséreux !

Pour calmer le mécontentement des foules on avait soin de les amuser par de petites fêtes, par des plantations d'arbre de la liberté, par l'érection de statues ou de plaques commémoratives.

Je n'oublierai jamais le scenario improvisé lors de la dernière fête en l'honneur de Paul-Louis-Courier.

Après l'inauguration de la plaque du grand écrivain polémiste sur la place de Véretz, toute la gent officielle devait aller saluer, à Chenonceaux, M. Grévy, président de la République. M. Wilson, en sa qualité de gendre, avait été chargé du protocole. Au moment où le train allait rentrer en gare et où allait descendre tout le monde officiel opportuniste — naturellement — les maires de Civray, de Chisseaux et de Chenonceaux étaient à la tête du cortège. Ce qu'ils étaient graves ces trois magistrats ceints de leurs écharpes ! Ce qu'ils se rengorgeaient ! On aurait dit que des mains du Président allait tomber sur leurs poitrines la croix de la légion d'honneur. M. Grévy, ou plutôt Wilson avait bien d'autres personnages à bâter !

Le brave Métivier, ancien maire de Civray, était un républicain sincère, ami des idées libérales et progressives, mais il avait le tort de se prêter à la comédie que jouaient tous les acteurs de ce monde officiel.

Le maire de Chenonceaux était le brave Rousseau, natif de Civray, entièrement dévoué à la politique wilsonnienne. L'adversité l'a visité. A-t-elle su en faire un vrai républicain? Je le crois.

Quant au troisième c'était celui de Chisseaux, le citoyen Augé, un républicain douteux qui par ses menées inintelligentes, s'attira la haine de tous les propriétaires de sa commune en les combattant maladroitement.

Mal lui en prit; ses ennemis, aux avant-dernières élections municipales, se coalisèrent entre eux et parvinrent à déloger Augé même du conseil municipal. Pour montrer leur bonne volonté et faire acte de républicains ils sont allés rendre visite au Préfet et lui ont déclaré qu'il n'avaient d'autres soucis que marcher franchement avec la République. Pour se concilier à jamais les bonnes grâce des électeurs ils ont donné des fêtes superbes et des dîners monstres à tous les citoyens. De la façon dont parle Augé, on devine qu'il serait désireux de rentrer dans le conseil municipal. C'est possible qu'il y rentre, comme c'est possible qu'il porte un jour la bannière à la procession. C'est un opportuniste de la plus pure espèce!

Grévy tomba sous la réprobation que souleva son gendre accusé d'avoir fait le trafic des croix de la légion d'honneur et déconsidéré dans toute la France, excepté, paraît-il, auprès des électeurs du Lochois.

Carnot le remplaça. La marche des choses ne changea pas. On vit cependant, sous le ministère Ferry un décret expulsant les Jésuites et toutes les congrégations non-autorisées. On crut à la sincérité de la mesure ! On se trompa. Les Jésuites sortis par la porte rentrèrent par la fenêtre. Depuis cette époque on vit s'établir partout des écoles congréganistes, des collèges de moines. Ça pullula. Le gouvernement laissa faire. Il n'avait voulu que tromper les électeurs à la veille des élections !

On vota, à la vérité, l'instruction laïque, gratuite et obligatoire. En apparence c'est une loi superbe ; en réalité c'est une loi vexatoire, parce que, dans nos campagnes, les malheureux, ne pouvant payer les fournitures d'école qui sont toujours très élevées, se voient poursuivis par la loi et condamnés à l'amende.

L'école des jésuites procède d'une autre façon, aidée et soutenue par de grosses bourses qui donnent gratuitement aux enfants les fournitures nécessaires et aux parents desquels ils procurent du travail. Certes, la protection d'un curé, d'un jésuite, d'un réactionnaire est plus puissante aujourd'hui que celle d'un républicain. C'est triste à dire; plus triste à écrire, très triste à constater.

Ah! sans doute le gouvernement de la République a trouvé un moyen de pallier ce mal : il accroche des croix, des palmes académiques à la boutonnière des grosses têtes, des gros légumes qui lui sont désignés par les puissants capitalistes de la contrée ou par les chefs de l'opportunisme.

Que voulez-vous que fassent désormais les républicains décorés par un gouvernement opportuniste? Pourront-ils jamais marcher dans les rangs de l'opposition? Pourront-ils jamais devenir socialistes, à la suite du groupe des cinquante ou soixante socialistes qui siègent à la Chambre?

Des huissiers décorés pour avoir fait quoi? On cherche vainement des titres à une semblable distinction. Des agents d'affaires, des tripoteurs recevoir de semblables glorifications.

C'est vraiment le siècle de la vulgarité!

Est-ce que les décorations ne devraient pas être réservées aux seuls bienfaiteurs de l'humanité, à ceux qui se dévouent pour adoucir les misères de leurs semblables!

Ce qui perd la France c'est que nos gouvernants visent plus à leurs intérêts personnels, aux intérêts de leurs partis qu'à l'intérêt général.

Voyez la division qui règne à la Chambre par la multiplicité des fractionnements indéfinis. Extrême droite, droite, centre, gauche opportuniste, gauche radicale, extrême gauche, groupe socialiste; c'est la tour de Babel! Chaque fraction aspire à saisir le pouvoir pour s'enrichir, se faire un nom, placer ses créatures, protéger ses amis, caser ses agents d'élections.

Autant de républicains autant de têtes. L'Empire n'avait qu'un maître; la République en compte 500, sans parler des sénateurs tous plus retardataires les uns que les autres. La division est tellement profonde qu'il est dangereux de se dire républicain pour les citoyens qui occupent les postes dans la magistrature, dans l'armée, dans les bureaux des ministères, dans l'enseignement supérieur ou élémentaire.

En voici un exemple bien frappant :

Saint-Martin-le-Beau avait un instituteur fort remarquable et par son savoir et par son dévouement. Il avait le tort d'être républicain libre-penseur.

Il eut le malheur de perdre sa fille âgée de 18 ans et, suivant la volonté formelle de cette intelligente jeune personne, de lui faire des obsèques civiles! Quel crime en notre temps! Malgré les protestations de l'immense majorité de la population, malgré la démission du conseil munipal, malgré les plaintes du maire de Saint-Martin-le-Beau, M. Mabille, il dut quitter la commune où il était resté de longues années et subir la disgrâce d'aller dans une petite commune, à Orbigny, au fond du département.

Le préfet Le Mallier, de triste mémoire, en avait ainsi décidé.

Aux élections municipales qui ont eu lieu la même année, le conseil municipal républicain a été battu et remplacé par la réaction. C'était inévitable, puisque l'autorité préfectorale donnait

tort à la municipalité républicaine et raison à
la réaction avec laquelle elle pactisait alors !

Pauvres instituteurs, vous êtes véritablement
les esclaves tant que vous ne jouirez pas du bénéfice de l'inamovibilité. Pour rester tranquilles
à vos postes, le gouvernement vous demande
surtout d'être en bons termes avec le... curé de
la commune.

Aussi à Civray les instituteurs ont-ils eu soin
de s'appliquer à respirer l'haleine du prêtre. Un
seul a su s'affranchir de cette servitude et pro-
fiter d'un moment heureux pour passer de
Civray à Tours ; c'est M. Marié, aujourd'hui directeur de l'école Velpeau. Il était digne sous
tous rapports de ce rapide avancement !

L'instituteur actuel de Civray est, dit-on, un
maître parfait, d'une distinction, d'un savoir
éminent. Il paraît qu'il a un goût très prononcé pour l'eau bénite ; il est libre, c'est
son affaire. Sa plus grande distraction, dit-il,
est d'aller à l'église ; le jour des cendres il est
heureux d'en recevoir une large couche sur la
tête. Ça doit lui faire un bien considérable ; pour
bien prouver qu'il est républicain il fait élever
son fils par les jésuites. Aussi attend-il de
l'avancement ! C'est justice ! c'est d'ailleurs un
avantage pour la commune de Civray d'avoir un
instituteur qui soit en correspondance suivie
avec le bon Dieu, il peut détourner d'elle la grêle
et les tempêtes !

L'idée républicaine avancée a fait d'incontestables progrès à Civray, où le nombre des républicains sincères augmente de jour en jour. Il y a un certain nombre d'années, Civray se divisait en deux camps presqu'égaux. Dans le camp républicain nous marchions avec entente et cordialité; le camp réactionnaire avait à sa tête un ou deux châtelains qui faisaient marcher une douzaine de propriétaires orgueilleux, lesquels manœuvraient les inintelligents du clan des aveugles. Mais à force de mensonges et de duplicités, les chefs du parti monarchico-clérical en sont arrivés à dégoûter les pauvres électeurs qui ont fini par les lâcher eux et leurs principes rétrogrades. Voilà pourquoi on peut affirmer qu'aujourd'hui les deux tiers de la commune sont sincèrement républicains.

Dans les rangs de l'opposition on compte encore une dizaine de gens qui s'intitulent gros propriétaires et qui s'appliquent à élever leurs enfants dans leurs principes. Toute leur préoccupation, tout leur orgueil consiste à dire :

— Je suis bien avec le châtelain, avec le grand seigneur ; quand il me rencontre avec ses équipages il me tend la main, il m'offre une place dans sa calèche. Je suis donc son égal !

Son égal ! Tu devrais dire son valet, son esclave, malheureux que tu es, avec les terres et les maisons que tu possèdes et qui aujourd'hui grandissent chaque année tes dettes et t'enfoncent tous les jours dans le gouffre de la déconfiture !

Tels sont la plupart des riches de nos com-

munes rurales qui réclament un roi afin de se
singulariser, eux dont les grands pères furent
les démolisseurs de la Bastille !

Ah ! si leurs ancêtres revenaient comme il les
fustigeraient, tous ces parvenus qui se plaignent
des bienfaits qu'ils doivent à la Révolution !
comme ils leur reprocheraient d'être, à l'heure
actuelle, les humbles adorateurs des gros capitalistes et des curés !

Est-ce qu'il est difficile de voir que les capitalistes et les curés s'enrichissent de la sueur des
travailleurs ! Est-ce qu'ils travaillent ? Est-ce
qu'ils se fatiguent ? Sont-ils laboureurs, vignerons, scieurs de long, menuisiers, forgerons,
cordonniers tous ces richards, tous ces curés qui
vivent au milieu de nos villes, et de nos campagnes. Si la terre n'était pas cultivée par nous,
est-ce qu'elle le serait par eux. Si nous n'avions
pas nos mineurs pour tirer le charbon est-ce
qu'ils se feraient mineurs ? Le vin délicieux qu'ils
boivent est-ce eux qui le préparent, le récoltent,
le pressurent, le mettent en barriques et en
bouteilles ?

Non, ces capitalistes n'ont qu'une peine celle de
se baisser pour prendre ce que nous produisons !

Mais sachons le bien, leur puissance vient de
notre faiblesse et de nos divisions.

Et c'est au second Empire que nous devons
cet état d'avachissement dans lequel nous
sommes tombés ! En cherchant à nous enrichir,
par tous les moyens possibles nous en sommes
arrivés à dédaigner les principes de fraternité
que nous avons constamment sur les lèvres,

nous avons trompé nos parents, nos frères, nos amis, ne visant qu'un but la fortune et dédaignant tout ce qui semblait obstacle à nos rêves d'ambition. Le parvenu ne regarde plus ses camarades d'autrefois ; le riche aspire à devenir plus riche encore et se plaint des aspirations des travailleurs vers l'émancipation.

Le petit commerçant des villes et le petit propriétaire des campagnes, qui ont toutes les peines du monde à vivre, ne travaillent plus que pour grossir la bourse des capitalistes millionnaires. En vain le propriétaire, pour dominer la mauvaise fortune qui le poursuit tentera-t-il d'agrandir sa propriété ; plus il aura de terres, plus il aura de mal, plus rapidement il se ruinera. Cette situation rend aiguë la crise agricole qui sévit terrible dans le monde entier et surtout en France.

Les petits commerçants des villes ne sont pas mieux partagés que les agriculteurs. Le haut commerce, alimenté par la bourse des gros capitalistes, a tué dans les villes le moyen commerce. Les grands bazars, les capharnaüm de l'industrie les magasins du Louvre, du Bon Marché ont tout accaparé ; eux seuls vivent, eux seuls vendent, eux seuls prospèrent, eux seuls doublent leurs capitaux. Et les petits commerçants dégringolent. Il est vrai que ces petits commerçants ont voulu trancher du grand seigneur ; ils ont loué des maisons de campagne aux environs des villes, où ils allaient faire ripailles souvent en compagnie de joyeuses cascadeuses ; ils se payaient pour leurs enfants les collèges des jé-

suites à deux mille francs de pension par an; il
fallait bien paraître être dévot pour conserver
la pratique des grandes familles et des maisons
religieuses. Monsieur va à la messe accompagné
de sa femme et de ses enfants. On dit : quel
homme rangé ! Quel bon père de famille ! Le
soir au cercle il joue, à minuit il est dans les bras
de sa maîtresse; il rentre chez lui à deux heures
du matin, quand il rentre ! C'est un modèle.

Pour achever le tableau, il traite de canailles
les ouvriers et méprise à haute voix les travailleurs. C'est du grand genre ! Il oublie son origine, il ne se souvient plus de ce qu'étaient ses
parents. Un jour il roule à la ruine et n'a d'autres
ressources que d'aller cacher sa misère dans un
sixième étage d'une mansarde de Paris !

Cette situation de la société actuelle devrait
instruire le peuple et le porter à défendre ses
véritables intérêts par l'entente, la cordialité et
l'action commune. Le peuple est le maître sou-
verain par son bulletin de vote parce qu'il est le
nombre, conséquemment la force. Devant lui se
dresse une triple puissance qui le maintient dans
la plus basse servilité :

Le clergé qui cherche à l'abrutir pour de stu-
pides doctrines afin de le mieux asservir. Le
clergé c'est l'autocratie la plus effroyable qui se

puisse concevoir. Il prend chez l'homme ses deux
facultés maîtresses : l'intelligence et la volonté ;
l'intelligence à laquelle il dicte des formules que
la plus vulgaire raison réprouve ; la volonté qui
doit subir des ordres sans aucune récrimination
de sa part.

La magistrature ou pour parler plus exactement la justice qui, sous prétexte d'être gra-
titude ruine les individus et les familles, quand
elle ne frappe pas des innocents.

L'armée dont le rôle en principe, démontre la
sauvagerie des nations qui sont toujours prêtes
à s'entr'égorger pour les motifs les plus futiles
et les plus iniques. Les armées permanentes, en
principe, sont la ruine des peuples.

Et pour soutenir cette triple puissance les électeurs ont le soin d'élire des députés millionnaires !
Que leur fait à eux de dépenser cent, deux cent
mille francs à payer des agents vendus, à acheter
la masse électorale par des dîners et des libations
honteuses. Le peuple est à vendre ; il se vend.
C'est lamentable. Comment peut-il espérer voir
la chose publique s'améliorer quand il est lui-
même le premier coupable ? Se plaindra-t-il
d'être victime ? Il aurait tort. Son sort est
mérité.

La première réforme à accomplir dans le
mode d'élection serait de laisser à la charge
des communes, du département ou de l'arrondissement les frais d'affichage des candidats qui
se présenteraient, avec défense formelle de faire
de la propagande autre que celle qui aurait lieu
dans les réunions publiques. Tout candidat qui

enfreindrait les préscriptions imposées serait par le fait même rayé de la liste des concurrents et mis à jamais dans l'impossibilité de se présenter à nouveau à la députation.

Mais ces équitables réformes ne seront jamais décrétées. La bourgeoisie maintiendra autant qu'elle le pourra le déplorable statu quo qui lui permet d'asservir la République afin de défendre et de protéger ses intérêts.

Aussi quand un ministère, animé d'intentions progressives, présente un programme minimum de réformes, il est sûr d'être battu et mis en minorité, soit par la Chambre soit par le Sénat.

La chute du ministère Bourgeois est la preuve de mon affirmation. Ce président du conseil propose un impôt équitable entre tous l'impôt sur le revenu; c'était proposer la répartition la plus naturelle des charges publiques. J'ai cent francs, de terres, de maisons, d'argent; je paie l'impôt au prorata de cent francs; j'en ai mille; j'en ai cent mille je paie proportionnellement à cette somme. Est-ce logique? Est-ce arbitraire? Qui peut avoir le droit de se plaindre d'une répartition qui n'a rien de capricieux mais qui demeure basée sur la véritable échelle de la fortune elle-même! On a objecté la difficulté de découvrir le véritable chiffre des revenus; c'était soulever une difficulté puérile; car le pouvoir a mille moyens à sa disposition pour trouver la vérité sans recourir à des mesures vexatoires.

Le ministère Bourgeois est tombé sur cette question, par les résistances du Sénat et du

Président de la République. Nous avons eu, nous avons le ministère Méline, qui nous fait rétrograder de quarante ans, en étouffant toutes les libertés chères aux prolétaires.

La République n'existe plus que de nom. C'est un mot dont on couvre le régime autocrate des classes capitalistes.

Que tout autre serait le socialisme — collectiviste.

Ah ! sans doute, beaucoup de petits propriétaires d'aujourd'hui, enracinés dans leur égoïsme imbécile, auraient peine à abandonner leurs biens à la commune ; ils préfèrent l'apparence de la richesse véritable et réelle ; ils aiment mieux leur esclavage déguisé mais certain ; ils travaillent depuis le lever du soleil jusqu'au coucher afin d'économiser la rétribution d'un ou deux domestiques ; en rentrant de la dure besogne le soir ils n'ont qu'un souci, ils n'éprouvent qu'un besoin, aller se coucher afin de reposer leurs membres écrasés par la fatigue. Ils n'ont jamais le temps de lire une feuille publique. Si, par hasard, cependant, un journal socialiste leur tombe sous les yeux, le dimanche, ils en admirent les principes et semblent en réclamer l'application.

Mais si, par malheur, on leur procure un journal réactionnaire, le dimanche suivant, ils se laissent endormir par les phrases pompeuses des régimes déchus et se prennent à oublier leurs admirations de la semaine précédente.

D'où viennent ces tergiversations, ces hésitations chez les petits propriétaires et chez les cultivateurs et vignerons de nos contrées? Elles viennent de leur manque d'instruction politique; ils ne lisent pas, ils ne sentent pas le besoin de lire; ils oublient que la chose fondamentale pour la prospérité générale et individuelle gît dans la direction à donner aux affaires publiques; ils paraissent ignorer que dans une démocratie le travailleur doit avoir une place importante dans les assemblées délibératives. Qui donc, parmi eux, les représente à la Chambre? Qui donc parmi eux siège au Sénat? J'y vois, dans ces assemblées, des banquiers, des avocats, des magistrats, de grands industriels, des châtelains? Est-ce qu'il y a des vignerons? Est-ce que nous y trouvons des forgerons? Est-ce qu'on y voit des agriculteurs? Pourquoi donc charger les autres de défendre nos intérêts quand nous pouvons les défendre nous-mêmes, quand nous le devons, quand nos intérêts, à nous, sont en jeu, quand il y va de notre propre existence?

Donc la réforme capitale qui s'impose c'est l'instruction des travailleurs des villes et des campagnes et seul le socialisme collectiviste peut réaliser ce progrès obligatoire.

Cette instruction doit commencer par les enfants, afin d'être sérieuse et complète.

Les enfants seraient élevés chez leurs parents jusqu'à l'âge de cinq à six ans. A partir de cet âge ils seraient tous placés, sans distinction de rang et de fortune, à l'école ou pension communale où ils seraient logés, couchés, nourris, vêtus, jusqu'à l'âge de quinze à seize ans.

Voilà la véritable instruction obligatoire et égalitaire les pauvres ne pourraient s'en plaindre puisque leurs enfants seraient instruits et nourris gratuitement. Les riches ne pourraient récriminer parce qu'ils trouveraient dans ces pensions communales, des maîtres capables d'instruire suffisamment leurs enfants.

L'égalité serait absolue.

L'instruction serait égalitaire.

Dans ces pensions communales l'enfant apprendrait, outre les principes élémentaires et secondaires des sciences, les données fondamentales qui commencent et forment le véritable citoyen.

Cette idée d'ailleurs est, en partie, appliquée dans nos collèges, avec cette différence qu'il n'y a que les enfants des riches qui peuvent y être admis.

Les enfants de tous apprendraient à connaître leurs droits et leurs devoirs sociaux. Les garçons pourraient commencer à apprendre le maniement des armes, afin de se préparer, pour plus tard, à défendre leur patrie si elle était menacée. A l'âge d'hommes, ces enfants forts d'intelligence, de savoir, de patriotisme, formeraient les gardes nationales toujours prêtes à se lever à l'heure des grandes luttes.

Par ce moyen la nécessité d'avoir des armées permanentes, ruineuses et menaçantes disparaîtrait inévitablement. Ce serait le salut des finances des nations que ruine un état permanent d'armements effroyables : jamais cette instruction communale pour tous n'arriverait à coûter plus de cinq cents millions. Le bénéfice est facile à calculer !

A l'âge de 15 ou 16 ans, les enfants seraient astreints de subir des examens sérieux afin de découvrir ceux qui sont aptes à poursuivre leur éducation et à embrasser des carrières libérales : ce serait le véritable moyen de n'avoir pas de fruits secs et d'incapables. Aujourd'hui avec notre méthode absurde, ce sont les enfants des riches qui, seuls ou presque seuls, arrivent à être magistrats, avoués, avocats, médecins, ingénieurs, sans qu'on se préoccupe s'ils ont les aptitudes suffisantes pour remplir les obligations de leurs charges.

Ils doivent les avoir !

On bâcle médecin un jeune homme auquel manque absolument l'esprit d'observation et qui aurait été bon à faire un manœuvre ou un cordonnier.

— On sacre avocat un individu à mâchoire pesante, à intelligence obtuse, qui ne pouvait être qu'un médiocre comptable dans une maison de quatrième ordre.

Les aptitudes n'y font rien ; c'est l'argent qui fait tout.

Aussi que d'incapacités, que de nullités !

Et qui donc en souffre si ce n'est la nation toute entière.

Pour les autres enfants qui n'auraient pas d'aptitudes spéciales pour les hautes études, ou qui voudraient rester dans une situation plus modeste, on aurait soin de leur faire apprendre un état en rapport avec leurs goûts et leurs aptitudes. Chacun aurait le métier qui lui convient et travaillerait dans sa sphère, à la prospérité de tous suivant des conditions déterminées par les lois.

Les avantages de ce régime collectiviste sont inappréciables. L'éducation morale, industrielle, commerciale, agricole, pratique serait égale et complète pour tous, abus de classes cessant, la vraie fraternité, commencée à la pension communale, se continuerait dans la vie active et laborieuse.

Tout antagonisme disparaîtrait.

Aujourd'hui que se passe-t-il? Dans les campagnes, les enfants des travailleurs s'en vont l'été garder les bestiaux avant la classe du matin, et le soir à leur sortie, ils sont employés soit à divers travaux, soit à vagabonder. Rentrés chez eux, ils ont vite appris le langage grossier et les paroles malsonnantes qu'on emploie à la ferme; ils perdent rapidement les quelques notions élémentaires qu'ils avaient reçues à l'école; ils oublient tout parce qu'ils n'ont pas les facilités pour conserver ce qu'ils ont appris sur les bancs. Ils arrivent à l'âge de citoyen avec l'ignorance la plus profonde, et sont enclins à céder à tous les entraînements et à toutes les sollicitations.

Véritables marionnettes politiques !

A la ville, la situation change sans être moins affligeante. L'enfant vagabonde d'ordinaire ; s'il fréquente l'école, c'est presque contraint et forcé.

8

Le matin, le soir, il court les rues; les jours de congés il traîne dans les carrefours, et, quand il est libre de la chaîne scolaire, il prend le premier métier qui se présente; ses parents n'ayant pas souvent les moyens suffisants pour lui en donner un qui réponde à ses forces physiques et intellectuelles. A 15 ans, 18 ans, si le chômage arrive, il s'abonde avec de mauvaises compagnies et il se lance, tête baissée, dans l'oisiveté, quand ce n'est pas dans le crime.

Ne voyons nous pas, autour des grandes villes, errer des jeunes gens sans travail, sans envie de travailler, ne demander leur subsistance qu'à la rapine ou au vol. S'ils mendient, soit par fainéantise, soit par défaut de travail, on les condamne à la prison, sans égard à leur jeunesse et à la difficulté des temps. Une fois lancés dans cette voie, ils cessent de penser au bien; ce sont des recrues pour le crime!

Quel est, dans ce cas, le véritable coupable? C'est la société; c'est l'organisation vicieuse des formes sociales qui favorise l'accaparement de la fortune publique par des classes privilégiées; c'est l'instruction congréganiste qui ne cesse d'enseigner les dogmes d'un dieu qui n'a jamais existé, pour remplacer les données de la conscience par la crainte de châtiments futurs imaginaires; c'est l'hypocrisie des classes bourgeoises qui s'obstinent à payer les ministres des cultes, malgré le dédain public qu'ils manifestent à l'égard de leurs croyances; c'est l'ignorance des masses populaires pour comprendre la véritable solution des problèmes sociaux.

Ah! quand arrivera le jour où sera enfin compris le socialisme collectiviste, avec ses enseignements régénérateurs et ses données fraternelles!

Le socialisme collectiviste a ses dogmes que je tiens à développer ici.

Tous les biens de la commune appartiendraient à la commune, sans jamais pouvoir devenir la propriété individuelle.

On m'objectera que pour en arriver à l'application pratique de ce principe une révolution est nécessaire, attendu que les propriétaires actuels ne se laisseront jamais dépouiller de leurs biens souvent acquis par un travail de quarante à cinquante années.

Je réponds qu'il n'est pas nécesaire de compter sur une révolution pour atteindre ce but; qu'une seule loi des plus simples suffit! Je la formule ainsi.

Article unique. —Tout héritage est aboli. Les biens des décédés sont acquis de plein droit à la commune.

J'entends les clameurs de tous les héritiers de papa, de maman, d'oncles, de tantes, de cousins, de cousines...

Ne plus hériter! Mais c'est abominable! C'est inique! C'est révoltant!

Je trouve que c'est l'acte de justice par excellence. N'est-ce pas la société elle-même, par la protection qu'elle assure, par la sécurité qu'elle donne, qui contribue à faire la fortune des particuliers. Vous, fils, qu'avez vous fait pour prétendre à la fortune de votre père? L'avez-vous aidé de votre travail, de vos labeurs, des ressources de votre intelligence? Pour être dans la vérité on doit dire que toujours vous l'avez aidé à manger ses revenus et que souvent vous l'avez aidé à se ruiner!

Et vous, neveux et nièces, cousins et cousines, pourquoi la fortune de vos collatéraux irait-elle dans votre caisse? N'est-il pas vrai que vous êtes toujours restés étrangers à l'acquisition de biens que vous revendiquez? Vous me parlerez, sans doute, des liens du sang; je vous répondrai par les liens de la fraternité universelle. L'héritage que vous voulez pour vous, je le veux pour vous et pour les autres, je le veux pour tous. Remarquez bien que je ne vous exclue pas de l'héritage de l'oncle qui vient de mourir. Au contraire, je déclare que vous héritez, mais j'ajoute que tout le monde hérite avec vous.

Si vous n'héritez pas seul de votre oncle, les autres neveux n'héritent pas seuls de leurs oncles, vous héritez avec eux. C'est un héritage incessant, universel, sans cette dérisoire formule de testament qui n'enrichit d'ordinaire que les huissiers, les avoués et les avocats, les premiers et pour ainsi dire les seuls héritiers dans notre idiote société!

Un oncle meurt; il laisse cent mille francs à ses neveux par un testament en bonne et dûe forme, puisque ce testament a été fait par un notaire expérimenté. Du moment qu'il a été fait par un notaire expérimenté ce testament doit être attaquable, attendu que les notaires expérimentés s'arrangent toujours de façon pour que le dit testament soit matière à chicane. Un procès s'engage; il dure un an, deux ans. Fatigués des lenteurs d'une interminable procédure, les neveux héritiers s'en vont demander des comptes au notaire; celui-ci leur déclare qu'il y a déjà 60.000 francs de frais et que l'affaire se poursuit. Bref quand la cour de cassation s'est prononcée, les neveux se trouvent redevoir à l'étude une dizaine de mille francs.

Qui a hérité? Les hommes de loi.

Qui aurait hérité dans ma société collectiviste? La commune, par conséquent tout le monde, par conséquent les neveux!

Ma logique est *serrée*, elle est irréfutable!

Le travail est collectif, suivant les aptitudes des citoyens et des citoyennes. Les résultats du travail vont à la commune qui sait les répartir entre tous ses enfants. La journée de travail est de huit heures pour tous.

Ainsi disparaît cette monstruosité des salaires énormes d'un côté et des salaires dérisoires de l'autre. Dans notre société actuelle, on voit des gens gagnant des 40 et 50 francs par jour, tandis que les malheureux prolétaires arrivent à se faire 3 fr., 2 fr. et quelquefois 1 franc par jour sans compter les jours ou le chômage les force à ne rien faire, par conséquent à ne rien gagner.

J'ai parlé de chômage. Hélas ! c'est la plaie de notre époque, plaie béante dont souffre surtout la classe des déshérités. D'où vient donc ce chômage ? Il vient de causes multiples.

1° De la mauvaise répartition du travail ;

2° De la surproduction de certaines matières qui encombrent les magasins ;

3° De l'incessante augmentation des machines ;

4° De l'accumulation des capitaux dans un petit nombre de mains ;

5° De la mauvaise répartition des charges publiques ;

6° De la dotation des fonds d'Etat en faveur des privilégiés, tels que le clergé qui palpe chaque année plus de 50 millions.

7° De la manie des pensions civiles accordées pour des services souvent dérisoires.

Je pourrais développer ces diverses causes de chômage, je me contenterai de parler de l'accumulation des capitaux dans les mêmes mains et de la multiplicité des pensions civiles.

La richesse publique suit deux directions radicalement opposées ; plus elle augmente en haut plus elle diminue en bas. Tel possédait, il y a vingt ans, cinq cent mille francs ; il possède aujourd'hui un million, dans dix ans, il aura deux millions ; tel petit propriétaire avait il y a dix ans, une fortune de vingt mille francs ; il n'en possède plus que dix aujourd'hui, dans quelques années il sera ruiné.

Ainsi se conduisent les choses !

La société française va bientôt se former à l'image de la société anglaise d'un côté le capitalisme, de l'autre le paupérisme ; d'un côté la fortune avec toutes ses joies, tous ses bonheurs, toutes ses ivresses; de l'autre la misère avec toutes ses horreurs et souvent toutes ses dégradations.

A cette cause de malaise s'en joint une autre l'augmentation incessante des pensions civiles. Dans dix ans tout le monde aura des pensions lesquelles s'élèvent déjà à plus de 80 millions. Or, comment voulez-vous que l'état paie ce capital énorme ? Les impôts ne peuvent qu'augmenter ; les objets de consommation doivent nécessairement prendre une marche ascendante. Et la nuée des fonctionnaires, qui plus tard, seront des pensionnés, devient de plus en plus considérable. Qui paie ces pensionnés! Le public, le public des travailleurs.

Ce qu'il y a de plus déplorable dans cette affaire des pensions, c'est que les petits fonctionnaires arrivent rarement à toucher leur pension, à cause des conditions et de l'âge qu'on exige, tandis que les hauts fonctionnaires sont presque tous assurés de toucher le montant de pensions énormes.

Telle est la belle société dans laquelle nous vivons et dont des irréfléchis ou des intéressés vantent la merveilleuse organisation.

Par le travail collectif disparaît à jamais l'éternel antagonisme qu'on appelle la lutte des classes, entre jouisseurs et déshérités, entre capitalistes et prolétaires, entre patrons et ouvriers.

Quelle sombre histoire que celles des haines qui fermentent au cœur des masses que le travail rive à la chaîne de la misère !

Jouisseurs et déshérités ! mais dans notre société sociale, jusqu'à ces mots odieux disparaîtront parce que la cause qui les enfante sera à jamais éteinte.

Capitalistes et prolétaires ! Mais la fortune publique sera la fortune de tous. Avez-vous souvent entendu résonner ces mots odieux pour notre état actuel : chaque citoyen se doit à la chose publique. Eh quoi ! Que me fait donc à moi la fortune publique actuelle puisque je suis condamné à la misère, sans espoir d'en sortir jamais. Que les affaires aillent ou n'aillent pas, en suis-je plus riche, suis-je affranchi d'un labeur moins dur. Ceux-là seuls ont intérêt à la prospérité publique auxquels cette prospérité profite. Avec le socialisme, la fortune générale c'est la fortune particulière. Si l'Etat devient riche, c'est tout le monde qui devient riche.

Patrons et ouvriers ! mais chacun ne sait-il pas que leurs intérêts sont diamétralement opposés, dans la société actuelle. Quel est le but unique que poursuit le patron ? s'enrichir.

Pour s'enrichir il cherchera :

1° A acheter, le meilleur marché possible, les matières premières qui lui sont nécessaires pour son genre et pour sa spécialité ;

2° A vendre, le plus cher possible, les matières premières travaillées par lui;

3° A payer, le moins cher possible, les ouvriers qu'il est obligé d'employer pour son genre de travail, sans se préoccuper si le salaire qu'il paie à ses ouvriers suffit pour les nourrir eux et leurs familles.

L'antagonisme naît forcément de ce seul exposé. L'ouvrier veut travailler pour vivre ; or, pour qu'il vive il a besoin d'un salaire déterminé suivant les milieux où il se trouve. Si vous diminuez le taux de ce salaire vous le placez dans une situation difficile, vous le mettez dans l'impossibilité absolue de subvenir à ses besoins et à ceux de sa famille.

Éclairons ces considérations par des exemples.

Aujourd'hui les grands magasins de nouveautés, les grands bazars de l'industrie achètent à des prix fabuleux de bon marché les matières premières.

Je prendrai la confection.

Le grand magasin a acheté ses étoffes un prix très bas. A cause de la concurrence il est obligé de vendre à un prix très réduit ses étoffes travaillées. Que fait-il! Il commence d'abord par réduire les prétentions du petit ouvrier tailleur, par établir des saisons pendant lesquelles le travail ira et pendant lesquelles il n'ira pas, soit, en résumé pour le tailleur des villes, six mois de travail et six mois de chômage.

Première réduction de salaire!

Quand la saison du travail arrive, le malheureux ouvrier tailleur, par légion, las de se serrer le ventre, se précipite chez le grand patron; il reçoit vestons, jaquettes (etc.), à des prix déterminés, fixés; c'est à prendre ou à laisser, on lui donnera 4 fr. 20; 4 fr.; 3 fr. 50, et jusqu'à 2 fr. 50 pour un veston qui demande plus d'une journée de travail. Que faire ? L'ouvrier, père de famille, qui sent le besoin de manger, de payer son terme etc., accepte cette rétribution ignomineuse, mais quelles colères s'amoncèlent dans son cerveau contre l'exploitation patronale ! Le patron agrandira son magasin, l'ouvrier se resserrera le ventre !

Et vous iriez trouver belle et bonne une situation qui produit de telles énormités !

Avec le socialisme, tout antagonisme entre patrons et ouvriers disparaît puisqu'il n'y a plus ni patrons ni ouvriers; il n'y a plus que des travailleurs, dans la large acception du mot, travaillant pour tous, dans un même but, avec des intérêts identiques, des prétentions égalitaires, des bénéfices uniformes. Toute rivalité disparaît, puisque toute exploitation de l'homme par l'homme est à jamais anéantie.

Telle est la société que je rêve.

Je la veux faite d'égalité, de liberté, d'équité, de fraternité, de justice. Ah ! sans doute, même avec la société que je rêve, nous n'arriverons pas à la perfection idéale que conçoivent les cerveaux des penseurs, mais nous atteindrons le sommet où peut monter l'humanité imparfaite mais indéfiniment perfectible.

En terminant ce trop long exposé, je tiens à déclarer que pour arriver à fonder l'organisation sociale nouvelle, je réprouve toute idée de violence, toute tentative anarchiste.

Je veux le progrès par le bulletin de vote; je veux le socialisme par l'éducation des masses populaires; je veux la liberté par la libre volonté des travailleurs; je veux l'établissement du socialisme par l'affirmation pacifique mais précise et formelle des souffrants qui peuplent nos villes et nos campagnes.

Que ceux qui ne rêvent que dévastations, meurtres, sang sortent de ma société.

Je veux détruire par l'ordre pour tout réédifier dans la liberté.

PRIOU.

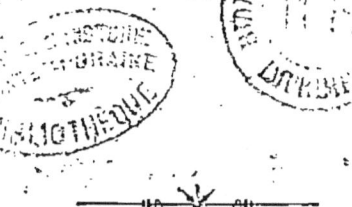

Paris. — Imp. JULES PILLU, 39, rue des Gravilliers.

www.ingramcontent.com/pod-product-compliance
Lightning Source LLC
Chambersburg PA
CBHW051827020726
47502CB00005B/1673